FEU

DU MÊME AUTEUR

Le mythe révolutionnaire duvaliériste, CIDIHCA, 2006.
La mémoire des Ombres, Leméac, 2010.
Le cri de Léa, Leméac, 2012.

Jean-François Sénéchal

Feu

roman

LEMÉAC • JEUNESSE

Ouvrage édité sous la direction
de Maxime Mongeon

L'auteur remercie le Conseil des arts du Canada de son appui.

Image de couverture : Serazetdinov/Shutterstock.com

Leméac Éditeur reconnaît l'aide financière du gouvernement du Canada par l'entremise du Fonds du livre du Canada pour ses activités d'édition et remercie le Conseil des arts du Canada, la Société de développement des entreprises culturelles du Québec (SODEC) et le Programme de crédit d'impôt pour l'édition de livres du Québec (Gestion SODEC) du soutien accordé à son programme de publication.

ISBN 978-2-7609-4218-9

Imprimé au Canada

À la mémoire de Janusz Korczak (1878-1942)

À ma fille, Marie

Étendue dans l'abri, Anna n'en finit plus de trembler et de gémir. À ses côtés, Ian ne la reconnaît pas tant son visage est convulsé. Il l'appelle doucement, comme pour s'assurer que c'est bien elle. Anna ne répond pas. Sa peau est brûlante, baignée de sueur. Son cou palpite furieusement. Puis, un ultime soubresaut l'ébranle. C'est la surprise de la mort, soudaine.

Ian reste longtemps prostré auprès du corps. Dans le réduit éclairé d'une simple bougie, les cheveux de la fillette, déployés autour de son visage, forment une couronne sale et détrempée qui le fait rayonner encore.

Lorsqu'il se relève enfin, Ian l'enveloppe dans la couverture de son lit. Une couverture souillée, gorgée de transpiration. Entre ses bras il porte le corps, si léger. Il monte vers la lumière, aveuglé, les yeux blessés comme le reste, dissimulant son visage sous un capuchon.

Par chance, le dispensaire n'est pas loin. Il dépose le cadavre à l'entrée et prend la fuite. Il entend une voix qui l'interpelle, mais replonge déjà dans l'obscurité des sous-sols. Impossible de parler à qui que ce soit sans s'effondrer ou perdre la raison.

Le soir venu, il sort de terre avec des milliers de semblables. Il hurle le prénom de sa sœur, «Anna! Anna!», avant de lancer une bombe incendiaire contre la vitrine d'un commerce. La Cité s'embrase, comme tant d'autres nuits auparavant. Ian est ivre à force d'explosions, de cris, de brasiers ardents.

Anna, sa petite sœur qui n'est plus. Par sa faute.

Au dispensaire, Kristel Han a crié :

— Attendez ! Ne partez pas !

Sans succès. L'encapuchonné s'est éclipsé. Elle n'a eu que le temps d'entrevoir des yeux rougis, un visage sale, des vêtements en loques.

Kristel baisse les yeux sur le paquet laissé sur le pas de la porte. Elle sait déjà ce qui se trouve enveloppé dans cette couverture crasseuse. Car ce ne sont pas des nouveau-nés qu'on dépose à l'entrée du dispensaire, mais des cadavres.

D'un geste, elle en dévoile le contenu. La docteure a l'habitude de la mort, mais cette fois, c'en est trop. L'émotion la submerge, en même temps que le sentiment de sa propre impuissance.

Pour Kristel, ce n'est pas que le corps d'une fillette qui repose là, sans vie. Ce n'est pas qu'un autre décès de plus, comptabilisé dans ses registres. C'est la Cité entière qui s'incarne dans ce petit corps emporté par la maladie. C'est Cosette tuée trop tôt, par erreur, empêchant la réalisation du rêve, de tout ce qui pourrait être beau. De tout ce qui pourrait être, simplement.

D'un mouvement sec, elle ouvre la blouse de la fillette. Des boutons partent valser. Elle découvre un ventre gonflé, des côtes saillantes, des taches violacées sur le torse. Le pantalon est retiré à son tour, chaussures, chaussettes. Présence d'infection à la jambe, pieds enflés. Le diagnostic est facile à poser : méningite, aggravée par la malnutrition et diverses infections causées par l'insalubrité. La maladie a dû être fulgurante.

Kristel s'assoit contre le mur du dispensaire, ou plutôt s'y laisse tomber, la tête entre les mains. Devant elle, un petit corps nu, si blanc qu'il semble luminescent sous le porche du dispensaire.

Un infirmier approche.

— J'emporte le corps ?

— Oui, Cori. Je t'en prie.

Elle reste là, abattue ou en colère, elle ne sait plus, sans doute les deux. Puis elle se lève pour mieux balayer du regard la Cité qui s'étend au-delà du porche. Des murs décrépits, des rues pleines d'immondices. Une Cité qui ne mérite plus de porter ce titre. Une imitation d'humanité assemblée dont Kristel constate chaque jour l'échec.

Cette Cité est à l'agonie. Et Monsieur le Sénateur, c'est vous qui la tuez chaque jour un peu plus.

Le feu lèche la peau d'Ian, noircie par la suie. Continuant de crier le nom de sa sœur, il lance une deuxième bombe incendiaire. Ce monde qui doit disparaître, comme chaque nuit, sous des décombres fumants, il le transforme en brasier vengeur.

Des milliers de mains, de pieds, de cris crèvent le ventre de la Cité pour s'en repaître. De quoi manger, se vêtir à l'approche de l'hiver. De quoi exister encore. Vagues frénétiques de gestes pilleurs, grognements d'efforts pour ouvrir, prendre, renverser. Cris de victoire sur le vide et la honte de n'avoir rien.

Juché sur le porche d'un bâtiment, un homme harangue la foule. Il porte la coule du moine : vêtement long, manches amples, capuchon rabattu sur la tête. Mais elle n'est fait ni de bure ni de lin. C'est de la peau de rat. Des dizaines de peaux de rats assemblées, entières, avec pattes, têtes et queues distendues par le fil grossièrement cousu.

— Nous sommes les créatures du chaos ! Nous ferons table rase du monde avant de disparaître à notre tour. Nous serons les derniers ! Car les derniers hommes seront aussi les derniers Rats. Et le Feu, leur ultime délivrance ! Moi, je vous le dis, je vous mènerai jusqu'au bord du néant. De là, vous sauterez. Vous sauterez comme vous brûlez ! Vous sauterez comme vous pillez !

Son discours porte au-dessus du tumulte. Il nourrit l'abandon de la peur, exalte le sentiment sacré de la destruction. De nouveau, des cris de Rats s'élèvent. Les mêmes que lorsque les pillards s'ameutent pour consumer la Cité. Ces cris enflent et se répondent. Ils s'unissent pour faire entendre la puissance du nombre, la volonté du ventre, des muscles, des simples cellules : les fondements du vivant.

Ian n'est plus qu'un Rat. Même que pour un moment, le souvenir d'Anna disparaît. Ne reste que la soif de subsister et le désir de compter parmi les plus forts.

Soudain, des coups de feu éclatent. Les pillards s'agitent plus encore, se pressent de terminer la fête. Certains tombent déjà, touchés par des balles. Les hommes du Sénateur avancent, les Rats s'affolent, se dispersent. Les armes l'emportent peu à peu sur les muscles et les os. Et l'eau des lances sur le feu des bombes incendiaires. La force a changé de camp, la Cité se défend.

Ian s'enfuit. La foule l'enserre et le presse, il doit enjamber des corps immobiles. Les fruits de son pillage, dans le sac qu'il porte au dos, alourdissent ses pas, d'autres foyers d'incendie l'obligent à faire des détours. Plus loin, il lui faut éviter les barrages et les souricières, tous ces pièges tendus par les hommes du Sénateur. Il cherche des repères en haletant, la fumée dans les poumons et la peur au ventre.

Enfin, la distance se creuse entre lui et le cœur flambé de la Cité. Il s'arrête un moment pour souffler, toussant, crachant. Des cris lui parviennent encore, indistincts, menaçants comme l'orage qui gronde. La tempête s'approche ou s'éloigne, qui peut le dire? Autour de lui, grilles cadenassées, ruelles murées, efforts combinés du Sénateur et des bons citoyens. Les portes et les fenêtres sont des puits d'abîme, à croire que chacun dort tranquillement tandis que la Cité brûle.

Ian reprend sa course, chancelant. Il court au hasard des rues, dans cette Cité blessée par le feu des bombes. Cette Cité qui refuse l'asile à celui qui vient de la mordre.

Ian trouve refuge dans un camp de Rats abandonné, plus au nord, là où les hommes du Sénateur s'aventurent rarement. C'est la chambre de jonction d'un ancien collecteur pluvial qui empeste l'urine et la moisissure. Un endroit idéal pour les cauchemars éveillés, même si sa mémoire lui suffit. L'horreur, la véritable horreur, s'y trouve tout entière enfermée.

Le sommeil le gagne rapidement, le corps réclame son dû. Anna lui apparaît bientôt, en rêve, debout près de lui. La bouche d'Ian s'ouvre sans qu'un son n'en sorte, trop sèche, trop empâtée.

— Pourquoi tu es partie, Anna ? Pourquoi ? finit-il par demander.

— Il le fallait. Je n'en pouvais plus, c'était trop difficile.

— Qu'est-ce que je vais faire, maintenant, sans toi ?

— Demain, tu ne seras plus seul.

— Pourquoi tu dis ça ? Ce n'est pas vrai…

— C'est comme ça, simplement.

Soudain, Anna prend feu, petite torche humaine qui demeure immobile, alors qu'Ian tente de lui venir en aide, sans succès. Son corps ne lui répond plus.

— Anna, non! Pas ça! Anna!

— Ne t'approche pas du feu. Sinon, il te dévorera.

— Anna! Pardon, Anna. Pardon…

— Tu n'as rien à te faire pardonner. Mon histoire n'était pas la tienne. Et je suis certaine que ton histoire, la tienne, sera extraordinaire. Tu vas penser à moi en l'écrivant, d'accord?

Ian s'effondre sur lui-même, libéré de sa paralysie. Sa voix n'est plus qu'un gémissement.

— Bien sûr, Anna, bien sûr. Oh! Anna, pardon…

Au réveil, Anna n'est plus là, le feu non plus. Ian demeure étendu sur le sol, sanglotant, anéanti par un rêve trop vrai pour en être un.

Le soleil n'est pas encore levé lorsqu'Ian émerge des sous-sols. Il erre sans but, affamé même si son sac est plein de victuailles, harassé malgré ses deux ou trois heures de repos. Il ne veut pas retourner là où Anna et lui avaient pris l'habitude de s'abriter. Un simple refuge aménagé dans une aire de service du métro désaffecté. Il ne veut pas voir les gestes, les paroles qu'il y a laissés. Les souvenirs.

Est-ce le hasard qui conduit ses pas jusqu'au dispensaire? Non, sûrement pas. Tout son être réclame Anna, le pousse vers elle.

Il grimpe sur le toit d'un immeuble en passant par un escalier de secours. En bas, de l'autre côté de la rue, le dispensaire. Plus loin, le *no man's land*, délimité par le mur qui ceinture entièrement la Cité, sur des dizaines de kilomètres. Un mur bien gardé, avec miradors, gardiens et projecteurs qui surveillent ses abords en permanence. C'est là que les fosses communes sont creusées, comme si les morts devaient eux aussi être surveillés. Y sont enterrés les misérables, les corps sans identité, les orphelins, les criminels.

Tous ceux que la Cité consume et rejette à ses frontières.

Sur l'immeuble, Ian reste immobile, malmené par le vent. Il surveille les activités du dispensaire, les entrées, les sorties. Si près d'Anna, il ne peut se résoudre à quitter l'endroit, en dépit des assauts du vent et du froid.

Les heures passent. Grelottant, il aperçoit enfin une camionnette quittant l'entrepôt du dispensaire. Il suit des yeux le véhicule qui se dirige vers le *no man's land*. Derrière, des individus forment un semblant de cortège. *Qui sont-ils ?* se demande Ian. Des proches des défunts ? Des gens du dispensaire ? Parmi eux, une femme en sarrau.

La camionnette parvient à destination et les corps sont déchargés. Enveloppés dans un tissu blanc, ils se ressemblent tous, si bien qu'Ian se demande si celui d'Anna se trouve parmi eux. Il s'affole, craignant de ne pouvoir lui faire ses adieux. Ses craintes se dissipent lorsque le dernier corps est sorti de la camionnette, transporté comme un simple paquet de chiffons.

Il est allongé sans délicatesse dans la fosse, auprès des autres. Un homme en noir prononce quelques mots puis se retire. Un bulldozer se met en marche, non loin de là. Une couche de terre est disposée sur les cadavres. Ils disparaissent, le blanc du tissu avalé par le brun de la terre. Cette terre qui bientôt consommera ce même tissu, ainsi que les corps qu'il recouvre. Ainsi que la Cité entière, un jour prochain.

Ian voudrait que ce jour soit venu. Que le monde ne survive pas à Anna. Qu'il brûle en entier, Ian en son sein. *Car nous ne méritons pas mieux.* Mais ce jour n'est pas venu. Pas encore.

Pas avant d'avoir revu Zoé.

Kristel a suivi la camionnette jusqu'à la fosse. Habituellement, elle reste au dispensaire, où sa présence est plus utile. Les morts défilent et finissent par se ressembler, alors elle préfère demeurer auprès des vivants. Les malades, les éclopés, les femmes enceintes, ceux et celles à qui elle peut venir en aide. Sans quoi, elle ne serait plus qu'une débarrasseuse de trépassés.

Non, Kristel n'a pu se résoudre à laisser la fillette seule. Celle dont elle ne connaît même pas le nom. Comment le pourrait-elle ?

Mais où est donc le Sénateur ? Les puissants qui forment sa cour ? Où sont les notables, les conseillers, les fortunés ? Kristel n'en voit aucun dans ce cortège qui n'en est même pas un, exposé aux rafales glacées.

Elle s'arrête près de la fosse, non loin du mur. Ce mur construit par le Sénateur au début de son règne pour protéger la Cité des attentats terroristes et maintenir à distance, disait-il, les *indésirables*. Tous ces immigrants illégaux, réfugiés, misérables en provenance d'ailleurs, attirés par la soi-disant prospérité de la Cité. Une prospérité qui, en réalité, n'était celle que de quelques-uns.

Le mur a été la première réalisation du Sénateur. Il est vite devenu le symbole de ce régime plaçant la sécurité et le contrôle de la population au sommet de ses priorités. D'autres cités de la Fédération lui ont rapidement emboîté le pas, séduites par ce grand départage qui protégeait les intérêts des nantis.

Dans la fosse, on dispose des corps, le pasteur parle, Kristel n'écoute pas. Ce sont des mots pour tous, impersonnels, donc à quoi bon. Ses pensées à elle vont uniquement à la fillette. Elle ose même lui faire une promesse.

Ta mort n'aura pas été inutile, petite. Tu as ma parole.

Le bulldozer s'active, Kristel tourne les talons. Marchant vers le dispensaire, elle ne remarque pas Ian, sur le toit de l'immeuble qui lui fait face. Elle n'entend pas ses adieux, ses pleurs, balayés par le vent. Elle regarde le sol, ne voulant pas voir la Cité ni croiser le regard de qui que ce soit.

Aujourd'hui, j'ai honte comme la Cité entière devrait avoir honte.

Bientôt, les choses devront changer.

Ian marche dans l'un des secteurs les plus faméliques de la Cité, où des milliers d'hommes, de femmes et d'enfants vivotent sous le joug de la misère. Les Rats y règnent en maîtres depuis que les hommes du Sénateur n'y contrôlent plus rien.

C'est là que l'Homme-Rat a élu domicile, dans les souterrains de bâtiments écroulés. Il y recrute ses fidèles d'une fin du monde annoncée. Il s'y entoure d'adeptes toujours prêts à extorquer, trafiquer, soumettre en sa faveur. Il en fait les jouets de ses délires d'apocalypse. La force de l'Homme-Rat ne tient pas à l'argent ou à la terreur, du moins pas qu'à cela. Elle tient surtout à la promesse d'un feu libérateur, vengeur du trop peu. *Le feu consumera tout ce qui est*, répète-t-il, *alors aussi bien l'allumer dès maintenant et profiter de ses bienfaits purificateurs.*

Les fidèles qui gardent l'entrée de son antre reconnaissent Ian lorsqu'il s'y présente.

— Ça fait longtemps qu'on ne t'a pas vu, toi. Mais vu ton état, c'est peut-être mieux comme ça. Et je ne parle même pas de ton odeur !

Les deux gardes ricanent en le laissant passer.

Ian parvient à un vaste espace éclairé par des braseros. Les murs et le plafond sont couverts d'éclats de miroirs qui démultiplient les reflets du feu. L'Homme-Rat y trône, tel un souverain régnant sur les ruines du monde. Il porte son habit de rat, le capuchon rabattu sur la tête, le visage dans l'ombre afin de mieux cultiver son mystère.

— Tiens, Ian, celui qui n'écoute que lui-même. C'est dommage que tu restes sourd à mes bons conseils. Ta vie en serait simplifiée. Et peut-être même pourrais-tu voir Zoé plus souvent… Mais dis-moi, où est donc celle qui te suit partout? Celle que tu dis être ta sœur?

— Anna?

— Oui, c'est ça. Anna. Ta petite protégée.

— Elle est morte.

L'Homme-Rat est surpris, il ne s'y attendait pas.

— Morte, dis-tu. Tu aurais dû venir me voir, ça ne serait pas arrivé.

La colère étreint Ian. Il serre les dents.

— Depuis quand tu es guérisseur, Homme-Rat? Je ne savais pas que tu connaissais les remèdes contre la faim et la maladie. Si c'est le cas, j'en connais beaucoup qui aimeraient en profiter.

La voix de l'Homme-Rat enfle et se répercute sur les parois de son repaire.

— Je suis un être sacré. Je suis le Rat par qui le chaos arrive, le salut aussi. Mon pouvoir est immense.

— Tu es fou, Homme-Rat. Et c'est pour cette raison que je ne serai jamais un de tes lèche-bottes. Jamais, tu entends ?

Les fidèles qui gardent l'accès de la salle se raidissent. Ils attendent un ordre pour s'en saisir et lui faire payer son insolence.

— Quel dommage ! Moi qui pensais pouvoir te faire confiance. Moi qui pensais que tu étais un ami convenable pour Zoé. Un ami, que dis-je ! Savais-tu qu'elle murmure ton nom dans son sommeil ? Qu'après chacune de tes visites, elle n'est plus la même ?

— C'est une amie, c'est tout.

— Peu importe. Sans mon aide, elle serait perdue. C'est pour cette raison qu'elle reste auprès de son oncle qui l'aime et la protège. Je ne voudrais pas la voir partir à tes côtés pour qu'elle finisse comme ta sœur. Au fond d'un trou creusé de tes mains !

L'Homme-Rat a haussé la voix pour mieux pénétrer la blessure de celui qui lui fait face.

La seconde d'après, Ian tient une bombe incendiaire à la main, un briquet allumé dans l'autre. Dans la salle, personne n'a anticipé son geste.

— Tu répètes ça et tu brûles. Avec moi.

Moment de silence, finalement brisé par l'Homme-Rat.

— 3ᵉ Avenue, tour Apocryphe, appartement 12. C'est là que tu la trouveras.

Ce disant, il lance aux pieds du visiteur une pièce métallique frappée à son effigie. Toujours armé, Ian ramasse le droit de passage et fait reculer les gardes. Pendant ce temps, l'Homme-Rat lui livre un avertissement. Son ton est léger, décontracté malgré la menace.

— Tu lui fais du mal, et je te tue. Tu le sais, j'espère.

— La même chose vaut pour toi. Tu le sais, j'espère.

Et Ian s'éloigne du repaire de l'Homme-Rat. Celui dont, sans aucun doute, il vient de se faire un ennemi pour de bon.

La tour Apocryphe se dresse dans un ciel uniformément gris. Des bâtiments dans un triste état, certains en ruine, l'entourent. Y vivent trafiquants, receleurs, proxénètes, tous ces petits aristocrates de la misère. C'est là qu'ils entretiennent leurs proches, leurs protégés, les femmes qui leur sont soumises.

Dans le hall d'entrée, des gens végètent. C'est une cour d'indigents quêtant des largesses à ceux qui profitent de leur dénuement. Devant les escaliers, des gardes armés s'assurent qu'ils ne peuvent accéder aux portes de leurs bienfaiteurs potentiels.

En dépit de son laissez-passer, Ian est longuement dévisagé par les gardes. Ceux-ci lui permettent finalement d'accéder à l'étage et de cogner à la porte de l'appartement 12. Zoé ouvre. Elle pousse un cri de surprise, si étonnée de le voir là, devant elle. Mais son cri accuse également l'état dans lequel il se trouve.

— Qu'est-ce qui s'est passé ?
— C'est Anna…

Ce disant, il s'effondre dans ses bras. Elle l'y accueille avec ses propres larmes.

Ian est toujours dans les bras de Zoé lorsque vient la nuit. Autour d'eux, des personnages immobiles se déploient dans la pénombre, entassés contre les murs. S'y trouvent aussi des sculptures, des formes abstraites déposées sur la toile ou gravées, dessinées. Zoé crée comme Ian incendie : avec la force de la nécessité. Chez elle, il est protégé par ses armées de créatures. Et sa tendresse.

Mais vient le moment où l'amertume commence à le gagner, les mauvais souvenirs aussi. Il regrette déjà d'être venu chez celle qu'il s'était promis de ne plus revoir. Jamais. La faiblesse l'a fait revenir, la force doit lui permettre de repartir.

Une fois leurs bras démêlés, Ian reprend son sac et quitte l'appartement. Zoé le rejoint dans le corridor.

— Tu vas revenir ? lui demande-t-elle en tentant un sourire.

— Je ne sais pas. Je ne pense pas… répond-il avant de s'éloigner.

— Je vais t'attendre. Tu sais que je vais t'attendre. Et si tu ne reviens pas, c'est moi qui irai à toi.

Ian continue de s'éloigner sans même se retourner.

À peine a-t-il quitté la tour Apocryphe qu'ils sont sur lui. « Ils n'ont pas perdu de temps ! » peste celui qui n'a rien vu venir. L'obscurité est en cause, mais surtout la quiétude que Zoé lui a insufflée. Ian a baissé la garde, chose que la Cité ne pardonne jamais.

Les coups pleuvent, les objets contondants s'élèvent et s'abattent avec des bruits sourds. Ian y devine la volonté de le briser, de le dominer, et le plaisir d'y parvenir si aisément. Pour toute réponse, il tente de se protéger le visage, sans succès. Son sang l'aveugle. Il ne lui reste plus qu'à attendre que cela cesse, peut-être en même temps que la vie.

Mais ses assaillants s'en tiennent aux ordres reçus. Ce sont des professionnels, ils savent comment s'y prendre pour briser le corps sans lui enlever la vie. Comment faire le mal en laissant la conscience en éveil. Sans compter qu'ils ont un message à livrer. Ian doit connaître la faute qu'il lui faut expier, même si ce n'est pas celle qu'il se reproche.

— C'est ce qu'il en coûte de menacer l'Homme-Rat. La prochaine fois, on ne va pas s'arrêter en si bon chemin.

Des crachats tombent sur lui, se mêlent au sang.

Ian reste étendu sur l'asphalte. Personne ne songe à venir en aide à celui qui s'est attiré les foudres de l'Homme-Rat. Lorsqu'il se relève enfin, il s'aperçoit que ses agresseurs ont emporté son sac. Sans Anna, il n'est plus qu'un corps qui se meut sans but. Sans le contenu de son sac, il ne possède même plus de quoi assurer la survie de ce corps.

Difficilement, il se met en marche, chancelant, la vue brouillée. Il s'aide des mains pour tracer son chemin, longeant les murs, s'arrêtant parfois, pris de vertiges, défaillant. Les personnes qui viennent à sa rencontre font un détour ou rebroussent chemin.

Le jour se lève lorsqu'il arrive enfin à destination. Il s'agit d'un immeuble abandonné, où Ian se glisse jusqu'au sous-sol. À tâtons, il trouve l'endroit recherché, puis retire trois ou quatre blocs de béton. Tout y est encore, derrière : boîtes de conserve, vêtements, lampe-torche. Et de quoi fabriquer des engins incendiaires.

Fébrile, il s'empare d'une conserve qu'il tente d'ouvrir. Sa main enflée et tordue répond difficilement à ses ordres. Ses tremblements l'empêchent de manœuvrer correctement l'ouvre-boîte. Après plusieurs tentatives infructueuses, il laisse tomber la conserve et l'instrument sur le sol.

Ian est parvenu là où il ne s'est jamais rendu. Anna est à quelques heures de lui, pas plus. *Peut-être est-ce le moment de la rejoindre?* Il repense à son rêve et aux paroles de sa sœur. *Pardon, Anna. Je n'y suis pas arrivé. Je ne suis pas celui que tu aurais aimé que je sois. Mon histoire n'aura pas été extraordinaire.*

À ce moment, une forme humaine se détache d'un coin du sous-sol, là où aucune lumière ne s'aventure. Mouvante, elle s'avance vers Ian, dont les perceptions et les pensées s'emmêlent jusqu'au délire.

— Anna, c'est toi?

Ian ne reconnaît pas le son de sa propre voix.

— C'est toi, Anna? répète-t-il. Tu viens me chercher?

Comme seule réponse, la forme continue de se déplacer vers lui.

Non, ce n'est pas Anna qui s'arrête non loin de lui. C'est un garçon d'une douzaine d'années, les vêtements en loques, les cheveux embroussaillés. Il est sale comme tout ce qui l'entoure, mais ce n'est pas ce qu'Ian remarque d'abord. Ce qu'il voit en premier lieu, c'est le sourire qui lui mange la moitié du visage. Un sourire plein de bienveillance où se mêle le plaisir simple d'être là, devant lui. Un sourire libre, gratuit. Pour Ian, ce ne peut être qu'une anomalie, une erreur du moment. Non, d'une époque entière. Le sourire d'un autre monde. *Peut-être est-ce lui qui vient me chercher?*

Après un moment d'arrêt, le garçon poursuit son avancée, avant de se pencher vers Ian, lentement, comme pour ne pas l'effaroucher. Assis contre le mur, il ne réagit pas, trop mal en point pour dire, pour faire quoi que ce soit. Doucement, le garçon prend la conserve et l'ouvre-boîte entre ses mains. Demeuré accroupi, il entreprend d'ouvrir le contenant, toujours en jaugeant du regard son vis-à-vis.

La conserve s'ouvre enfin, le garçon la tend à Ian, qui s'en empare aussitôt. Les mains tremblantes, il puise les aliments difficilement identifiables qui flottent à la surface de cette goulache insipide et froide. Il porte la nourriture à sa bouche, ce qui réveille en lui une volonté qui s'était dangereusement étiolée. Celle de la subsistance.

Avec avidité, Ian plonge maladroitement sa main dans la conserve. Il le fait encore et encore, sans retenue, en se blessant sur les rebords tranchants du métal. La peau se fend, le sang se mêle au contenu de la conserve, dont il se repaît sauvagement. En peu de temps, le contenant est vide.

Levant la tête, il voit le garçon dont il avait oublié la présence. Dans ses yeux, il devine la faim et la pitié de le voir, lui, Ian, aussi affamé et violent dans l'acte de se nourrir. La vulgarité de sa propre voracité, si près du garçon et de sa faim, le submerge alors.

Il tourne la tête pour vomir le contenu de son estomac. Le garçon se précipite sur lui, peut-être pour l'aider, peut-être pour engouffrer ce que son corps a rejeté. D'un geste, Ian lui désigne les autres conserves. Entre deux haut-le-cœur, il trouve assez de force pour lui dire :

— Mange !

Ian reste immobile tandis que le garçon ouvre une, puis deux conserves, pour en avaler le contenu. Mais pas entièrement. Après un moment, le garçon lui tend un morceau d'aliment tiré d'un bouillon verdâtre. Ian le prend et le mène à sa bouche, pendant que l'autre lui intime, avec force mimiques, de mastiquer longuement. Ian s'exécute, sans rien régurgiter. Le garçon répète l'opération à plusieurs reprises, autant de fois que cela est nécessaire.

Pendant ce temps, Ian observe son bienfaiteur qui mange avec contentement, le sourire barbouillé. Ses yeux étincellent de plaisir, malgré la poussière et tout ce gris autour. Ils sont la preuve que la vie, même à cet endroit, même en ce moment, est possible. Lui reviennent subitement et si clairement les paroles d'Anna : *Demain, tu ne seras plus seul.* Ces mots tournoient dans sa tête abîmée, sans savoir s'ils doivent s'y enraciner pour de bon.

Une fois le garçon rassasié, Ian se lève, avec difficulté. Il regarde celui qui lui sourit, assis par terre. Un sourire de reconnaissance, de bonheur simple. Ian lui dit alors ce qu'il ne pensait pas lui dire :

— Viens.

Dans les jours qui suivent, Kristel se décide à écrire au Sénateur. Dans sa lettre, elle lui dit vouloir attirer son attention sur une fillette d'environ sept ans dont le corps sans vie a été déposé devant son dispensaire. Une fillette dont elle ne sait rien, pas même le nom. Elle lui décrit l'état dans lequel elle l'a trouvée, sans omettre le moindre détail.

Kristel lui affirme y voir un mauvais présage touchant la Cité entière. Si rien n'est fait, voilà ce qui arrivera, lui écrit la médecin : la Cité mourra.

Alors, elle lui demande de l'aide. Elle réclame des fonds pour organiser des équipes médicales qui iront vers ceux qui nécessitent des soins de première ligne, là où ils se trouvent. Dans les profondeurs de la Cité, dans les quartiers abandonnés à eux-mêmes. De l'argent pour secourir les enfants seuls, dont le nombre a décuplé au cours des dernières années.

Elle lui rappelle que les Sénateurs avant lui n'abandonnaient pas les citoyens à leur sort, en particulier les plus miséreux. Comment peut-il justifier un tel désengagement, lui demande-t-elle? Kristel lui fournit des plans d'aide précis, avec chiffres, objectifs et échéanciers à l'appui, bien que rien de cela ne soit nouveau. Ces plans existaient déjà, conçus par elle-même et tant d'autres. Et ce n'est pas la première fois qu'ils sont soumis au Conseil du Sénateur. Mais cette fois, c'est le temps de la dernière chance. Sinon, le point de non-retour sera atteint. Sinon, il n'y aura plus de Cité.

Kristel remercie le Sénateur pour sa lecture attentive, même si elle sait qu'elle restera lettre morte. Pourtant, elle se devait de lui écrire une dernière fois. Le Sénateur ne pourra pas dire qu'il ne savait pas. Qu'il n'a pas été averti.

Ian s'est résolu à retourner au refuge qu'il partageait avec Anna. Il savait qu'il y trouverait de douloureux souvenirs, mais aussi le nécessaire pour soigner ses blessures. Il y serait à l'abri avec le garçon, le temps qu'il faudrait.

Son compagnon s'est aussitôt plu dans cette pièce minuscule, humide, où s'entassent les objets glanés au fil des ans. Matelas de sol, lit d'enfant, table basse, pile de vêtements crasseux dans un coin. Et une étagère métallique contenant le reste.

Comme Ian s'en est rapidement rendu compte, le garçon ne parle pas. Jamais il ne l'a entendu émettre le moindre son. D'où vient-il ? A-t-il des proches ? Sinon, comment a-t-il fait pour survivre jusque-là ? Car pour subsister dans la Cité, il faut se battre, voler, mentir, ces choses pour lesquelles il semble si peu doué.

Non, Ian ne sait encore rien de lui. Mais dans la Cité, les identités s'oublient, se déforment et se réinventent chaque jour. Rien ne résiste au poids de la contingence. Chacun y est un autre pour vivre encore, quitte à se trahir soi-même. Car il faut manger, il faut respirer, se mouvoir, y croire encore.

Ian ne s'est donc pas embarrassé de scrupules pour lui donner un prénom. Parviz. Le mot signifie «bonheur» en persan, comme lui a appris un homme, autrefois, qui portait le même. Un prénom qui convient parfaitement à ce garçon qui ne parle pas, mais qui toujours sourit. Le principal intéressé l'a adopté sur-le-champ, comme s'il avait toujours été le sien.

Les jours passent, indistincts, tous semblables dans l'abri, où la lumière ne dicte ni le jour ni la nuit. Parfois, des cris, des bruits plus loin sur la voie de desserte, obligent Ian à plonger le réduit dans le noir. Les deux occupants font silence, même si cela ne pose pas de problème pour Parviz. Avec Anna, la chose était parfois moins aisée. Elle ne comprenait pas toujours le danger que représentaient, peut-être, ceux qui circulaient à quelques mètres de là, à commencer par les Rabatteurs. Anna était confiante, parfois turbulente. Anna avait sept ans. Et elle était vivante.

Contre les intrusions possibles, une lourde barre bloque la porte du réduit, invisible de la voie. Mais ce n'est pas de nature à rassurer Ian complètement. Car la seule issue de l'abri peut facilement le transformer en une redoutable souricière.

Ian prend du mieux, lentement. De son côté, Parviz profite des jouets d'Anna. Il s'amuse pendant des heures à réaliser des montages d'objets et à dessiner sur des bouts de carton avec des morceaux de bois carbonisé. Ni le temps ni l'ennui ne semblent avoir de prise sur lui. Simplement le regarder, si serein, apaise Ian. Si bien qu'il s'est vite habitué à la présence de ce garçon dont la tête et le corps ne semblent pas avoir le même âge. Il ne lui adresse pas beaucoup la parole, ne sachant trop quoi lui dire. Mais Ian n'a jamais été bavard. Peut-être parce qu'Anna avait assez de mots pour deux.

Et puis, inévitablement, la nourriture vient à manquer. Ian n'est pas rétabli complètement, loin de là. Son visage tuméfié, sa jambe, sa main surtout, encore tordue, sûrement fracturée, le font souffrir. Pourtant, il sait qu'il devra sortir de nouveau, bientôt, et redevenir Rat parmi les Rats.

Les réserves sont complètement à sec lorsque survient enfin l'appel. Du tunnel, l'écho de cris se fait entendre. C'est le signal. Ian prépare précipitamment son sac et quitte l'abri, non sans avoir donné des consignes à Parviz. Celui-ci accepte de rester là, en attendant le retour de son hôte. Il devra barrer la porte après son départ et n'ouvrir à personne. Personne. Le garçon acquiesce, sans manifester la moindre inquiétude. *Tout ira bien*, semblent dire ses yeux. *Tout ira bien.*

Malgré la confiance de Parviz, Ian ne peut s'empêcher de penser que le pire peut toujours survenir. Et que son nouveau compagnon lui fait sans doute davantage confiance que lui-même ne se le fera jamais.

Sorti de l'abri, Ian remonte vers la surface et sa réalité froide. Chemin faisant, il est rejoint par d'autres anonymes de la faim. Les Rats convergent alors qu'ils s'appellent et se répondent de leurs cris. Les couinements emplissent les espaces souterrains, y résonnent, ainsi que dans les consciences, où ils font table rase. Ils brouillent les sens, neutralisent la raison, invoquent la bête en chacun. Ils disent la puissance du nombre, qui est aussi celle du désespoir armé par le geste de la colère.

Lorsqu'ils surgissent dans la rue, les affamés sont devenus Rats, Ian parmi eux. Les cris, jusque-là retenus par la barrière des sous-sols, éclatent dans l'espace ouvert de la Cité. Ils se mêlent aux autres, déjà libérés de leur gangue de béton et de métal, pour s'élever ensemble, assourdissants, et dévorer l'espace de la rue.

Une neige légère tombe sur la Cité, lentement. Elle tranche avec la frénésie des Rats et la férocité des flammes. Ian lance une première bombe incendiaire. Elle va en rejoindre d'autres pour créer une barricade de feu dans la rue. De l'autre côté, les forces de la Cité approchent déjà. Leurs silhouettes se déforment dans le mouvement des flammes qui tordent la réalité, comme pour mieux la refuser.

Ian est entré dans un commerce dont les grilles ont été forcées. Lorsqu'il en ressort, le sac plein, il voit l'Homme-Rat, juché sur la portière d'une voiture renversée. Comme à son habitude, il harangue les pillards. Puissante, incantatoire, sa voix se fait menaçante et pleine de funestes promesses.

À son tour, l'Homme-Rat aperçoit Ian. Le second s'est arrêté, comme pétrifié en face du premier, dont la voix enfle plus encore. Ian a l'impression que le prophète ne s'adresse qu'à lui, malgré la foule, le feu, le bruit. Comme pour lui donner raison, l'Homme-Rat lève lentement un bras en sa direction. Ian ne voit plus, n'entend plus que lui.

— ... Les impies mourront les premiers, les profanateurs, tous ceux qui ne suivront pas les préceptes du Feu sacré. Tous ceux qui refuseront de se plier à la volonté dévorante des flammes. Cette volonté, c'est la vôtre, c'est la mienne. Nos volontés sont unies dans un destin unique. Ceux qui nous repousseront, vous, moi, devront payer pour...

L'Homme-Rat se tait subitement, en même temps qu'il effectue un brusque mouvement de recul. Ian peut lire l'étonnement sur son visage, avant qu'il ne s'effondre au pied de la voiture. Le choc est dur, le corps s'immobilise dans une posture grotesque. Catastrophés, ses fidèles se portent à son secours. Rapidement, ils l'emmènent pour lui faire regagner les sous-sols. Entre leurs mains, l'Homme-Rat ne bouge pas, le visage fermé, livide.

Revenu à lui, Ian prend la mesure de la situation. Ce ne sont plus des Rats, qui tombent les uns après les autres, plutôt des mouches, frappées par le feu des armes. Ian est habitué à la répression, mais cette fois, c'est une véritable hécatombe. Des tirs groupés fauchent les pillards, sans distinction.

Les pillards, et la Cité entière, assistent à une nouvelle étape dans la lutte contre les Rats. Celle de la dératisation. Une seule voie de salut dans cette nuit de sang : la fuite. Comme tant d'autres, Ian court pour sauver sa vie. Derrière, des pillards encore enfiévrés, ensauvagés, le cri comme gri-gri, se dressent face aux hommes du Sénateur. Mais leurs couinements, leurs bombes sont sans effet. Leurs gestes, désespérés. Peut-être sont-ce les premiers à comprendre le message du Sénateur. Piller leur permettait de manger plutôt que de mourir. Maintenant, ils mourront de toute façon.

Dans sa fuite, Ian passe près du corps d'un homme, étendu sur l'asphalte. S'il remarque celui-là plutôt qu'un autre, c'est qu'une fillette est agenouillée près de lui. Malgré le tumulte,

Ian comprend ce qu'elle lui réclame avec insistance. Qu'il se relève pour reprendre la fuite avec elle. L'enfant ne sait pas, ne comprend pas encore que ses supplications sont inutiles.

Derrière, les soudards du Sénateur avancent toujours. Sur les pièces astiquées de leur armure, leurs visières opaques, se reflètent les flammes, si bien qu'ils semblent directement sortis de l'enfer. Ian se demande même s'ils n'en sortent pas vraiment. Car à ce moment même, il n'y a pas d'autre enfer que celui de la Cité.

Ian fait brusquement demi-tour, la peur entre parenthèses. À contre-courant, il évite les collisions avec d'autres fuyards pour se rendre jusqu'au gisant et fouiller ses poches. Il en tire un portefeuille, un trousseau de clés, dont certaines sont informatiques, deux élastiques pour cheveux. Il les engouffre dans son sac, près de la fillette médusée, trop surprise pour réagir.

Trois mots ont pour effet de la désengourdir.

— Il est mort.

— Mort? répète-t-elle, entre incrédulité et incompréhension.

Ian ne lui donne pas le temps d'assimiler l'information. Il s'empare d'elle à bras-le-corps pour reprendre sa course. Il était temps : les balles commencent à ricocher près de lui. L'enfant se débat, comme une furie, éperdue, criant : «Papa! Papa!» Certains de ses coups portent. Une blessure sur le visage d'Ian se rouvre, le sang en coule de nouveau. Il ne s'attendait pas à autant de résistance de la part d'une si petite chose.

Les balles continuent de siffler, jusqu'à ce que le coureur parvienne à une grille d'accès. De là peuvent être rejoints les niveaux souterrains de la Cité, où les forces de la Cité ne se rendront pas. Pas cette nuit.

Ian continue d'être malmené par la charge agitée et hurlante qu'il doit encore transporter sur plusieurs kilomètres. Exténué, il parvient à l'abri où Parviz lui débarre la porte. Enfin libéré de son fardeau malcommode, il s'effondre sur un matelas, haletant. La fillette, elle, réclame son père à hauts cris en attaquant la porte de ses poings. Parviz la regarde, perplexe, ne sachant que faire.

Ce n'est que lorsqu'elle abandonne enfin la porte, désespérée pour de bon, que le garçon va vers elle. Il se penche sur l'enfant, lui met une main sur l'épaule. Elle lève sur lui des yeux noyés, il lui sourit. Aussitôt, elle se jette dans les bras de ce jeune inconnu qui la serre contre lui, longuement.

Ian comprend alors que, dans le sourire de Parviz, il y a quelque chose de miraculeux.

Elle s'appelle Pola. C'est ce qu'Ian apprend dans les jours suivants, lorsque l'enfant accepte de se confier, peu à peu.

Elle et ses parents viennent d'une autre Cité, dont elle ignore tout. Sa mère est disparue quelque temps après leur arrivée, la laissant seule avec son père.

Ses parents étaient journalistes, mais sans emploi, une profession risquée dans la Cité. Beaucoup ont disparu au fil des années, d'autres se sont terrés ou ont changé d'identité. Les plus chanceux ont fui la Cité, cette prison dont les gardiens sont ceux qui ont les moyens d'en sortir. Finalement, ne sont restés que ceux acceptant de nourrir la propagande du Sénateur.

Pola continue de parler de son père comme s'il était toujours en vie. La fillette a intégré un nouvel univers, celui d'Ian et de Parviz, sans que celui de son père, de sa vie d'avant, disparaisse pour autant. Pour elle, les deux peuvent très bien coexister. En attendant, elle trouve en Parviz le compagnon idéal, d'une patience inébranlable, autant généreux en gestes qu'il est démuni en mots. Il donne, elle reçoit, il sourit, elle aussi.

Dans les jours suivants, Ian décide de se rendre à l'appartement où Pola vivait. Il trouve l'endroit grâce au portefeuille pris à son père, un objet élimé contenant une carte d'identité avec adresse.

L'appartement est situé dans un secteur où subsiste un semblant de classe moyenne, au nord des beaux quartiers de la Cité. C'est dans ces derniers que vivent le Sénateur et ceux qui profitent directement de son pouvoir. Ian n'a jamais pénétré dans ces zones fortunées, trop bien gardées pour qu'un Rat s'y aventure sans raison valable. C'est-à-dire rentable.

Il parvient à l'appartement sans encombre. Il n'a pas à utiliser les clés prises au père de Pola : la porte est entrouverte, la serrure disloquée. Il ose un regard à l'intérieur, malgré ce besoin pressant de quitter les lieux. L'appartement est dévasté. Le mobilier y est retourné et brisé. Il y ose un pas, puis deux, après avoir écouté le silence pendant un bon moment.

Vite, il cherche une adresse, le nom d'une personne qui pourrait venir en aide à Pola. Mais pas de carnet d'adresses, pas de documents personnels, rien. Pas d'ordinateur non plus.

En revanche, il trouve dans un réduit à peine dissimulé des conserves et autres denrées non périssables. Un véritable trésor qu'il s'empresse de mettre dans son sac pendant que des questions l'assaillent. Pourquoi le père de Pola s'est-il mêlé aux pillards alors qu'il possédait de quoi se nourrir, lui et sa fille, pour plusieurs jours? Pourquoi avoir amené Pola dans la rue et l'y mettre entre deux feux, celui des flammes et celui des armes? Et pourquoi les cambrioleurs n'ont-ils pas emporté des prises si faciles? Que cherchaient-ils?

De retour à l'abri, il ne tarde pas à questionner Pola.

— Tu sais, la nuit où je t'ai… trouvée.

— La nuit où papa est resté dans la rue, précise-t-elle sombrement.

— Oui, c'est ça. Cette nuit-là, est-ce qu'il t'a dit où vous alliez?

— Je ne peux pas te le dire.

— Pourquoi?

— Parce que c'est un secret.

Pola lève la tête fièrement, bien déterminée à ne rien dire.

— Qui te l'a confié? Ton père?

— Oui. C'est un secret entre papa et moi.

— Tu es sûre qu'il ne l'a confié à personne d'autre?

— Je pense que ses amis le connaissaient aussi, parce que…

— Parce que?

— Rien, rien, ajoute-t-elle en se refermant subitement, résolue à ne pas en dire davantage.

Ian décide quand même d'aller de l'avant.

— Ce sont ces amis que vous alliez voir cette nuit-là, non?

Pola écarquille les yeux.

— Comment tu le sais?

— Je m'en doutais. Et je me doute aussi que tu connais certaines de ces personnes.

Pola regarde Ian le sourcil froncé, à la fois intriguée et suspicieuse.

— Peut-être.

Elle est ferrée, Ian le sait.

— Je suis même convaincu qu'il y a une de ces personnes que tu aimes plus que les autres. C'est un homme? Ou une femme, peut-être?

— C'est une dame! précise-t-elle.

Dès lors, la fillette en oublie sa promesse de silence. La confiance retrouvée ouvre la voie à la confidence.

— Quand elle vient à la maison, poursuit-elle, emballée, c'est souvent la nuit, mais des fois, je me réveille et je vais la voir, elle et les autres. Elle transporte toujours une trousse de médecin. Des fois, elle m'examine avec ses instruments. Et à la fin, elle me félicite d'être en bonne santé. C'est bien d'être en santé, hein?

— C'est sûr. Et te souviens-tu du nom de cette dame ?

— Oui, mais…

Elle hésite, puis avance la tête vers lui, en prenant un air de conspiratrice.

— … Tu ne vas le dire à personne ?

— Non, promis.

— Son nom, c'est Kristel, ajoute-t-elle à voix basse, bien que personne d'autre, hormis Parviz, ne peut l'entendre.

La dernière nuit de pillage a tenu Kristel occupée. Jamais elle n'a vu autant de blessés, de morts, au cours d'un seul événement de ce genre. À croire qu'une guerre s'est déclenchée. Mais une guerre avec une seule armée, un seul chef, une seule Cité.

Les patients affluent pendant des heures. Souvent, ils sont morts faute d'avoir été conduits au dispensaire assez rapidement. Personne n'était sur les lieux pour leur venir en aide, il était trop tard.

Une fois la situation sous contrôle, elle multiplie les rencontres avec différents groupes de la Cité. Certains sont caritatifs, d'autres politiques ou encore mafieux, la plupart clandestins. Elle tente de trouver les ressources qui lui manquent pour organiser les équipes que le Sénateur lui refuse par son silence obstiné.

La plupart de ces groupes connaissent Kristel, depuis le temps qu'elle s'active dans les bas-fonds de la Cité. Elle est accueillie à bras ouverts, même si ses projets suscitent rarement les promesses d'aide, encore moins l'enthousiasme. La rareté complique les choses, depuis longtemps. Le désespoir aussi.

— Ce ne sont pas des équipes de secouristes qui vont sauver la Cité, lui répète-t-on.

— Peut-être pas, non. Mais ne rien faire est la meilleure façon de la tuer le plus rapidement possible.

— Le problème est politique, lui dit-on encore. Tant que le Sénateur sera en place, toute action est vaine.

— La souffrance n'est pas politique, répond-elle.

— Nous sommes des esclaves du Sénateur, entend-elle aussi. Venir en aide à un esclave ne le libère pas pour autant.

— La liberté, c'est agir librement tant que c'est encore possible. Il n'y a que les morts qui ne sont plus libres.

— Faire tomber le Sénateur est le seul projet valable. Et nous finirons par y arriver, quel que soit le prix.

— Par un bain de sang, j'imagine. Mais qui sera là pour soigner vos blessures? Les vôtres, et celles des victimes innocentes de vos combats? Qui les soignera, vous pouvez me le dire?

Au cours de ces entretiens, Kristel doit également affronter la folie de l'Homme-Rat. Non, le sectaire n'est pas mort. Il se remet lentement d'une blessure par balle.

La douleur lui est maintenant supportable, pourvu qu'il laisse son corps au repos.

— La fin de la Cité a sonné, ma bonne dame. Il ne sert à rien de s'opposer au destin sacré qui l'attend. Celui de brûler et de se consumer entièrement. Vous n'y pourrez rien, ni vous, ni personne.

— Nous finirons tous par mourir, en effet. C'est une fatalité, comme chacun sait. Mais jusqu'à ce moment, chacun doit agir selon ses convictions, avec toute la force nécessaire pour y parvenir.

— Le Feu est ma seule conviction.

— Le feu sert à cautériser, cuire la nourriture, stériliser les instruments. Vous voyez, moi aussi, le feu est mon allié.

— Votre feu est accessoire, le mien est total, primordial.

— Votre feu est destructeur, le mien est régénérateur, c'est juste. Mais je ne suis pas ici pour parler théologie. Je vous demande seulement d'accorder un droit de passage à nos équipes qui traverseront les zones que vous contrôlez. Aussi bien au niveau de la rue que dessous. Cela ne vous engage à rien d'autre.

— Qu'en penseraient mes fidèles ? Je leur ai promis le Feu, et maintenant je leur dirais de soigner leurs brûlures. Paradoxal, n'est-ce pas ?

— Ils penseront que vos convictions sont telles que vous laissez aux autres le soin de leurs illusions. Et en même temps, chacun vous saura gré de pouvoir trouver du secours sur votre territoire en cas de besoin. Avant la fin du monde, évidemment. Avant l'accomplissement de votre prophétie. Qui n'aime pas voir ses souffrances et celles de ses proches allégées ?

Kristel esquisse un sourire qui se veut complice. Elle voit bien que l'Homme-Rat est souffrant, affalé sur son trône de pacotille. Sa posture est éloquente, même s'il tente de demeurer impénétrable sous sa coule.

Après un moment de silence, il se prononce enfin.

— Laissez-moi y réfléchir. Vous aurez ma réponse très prochainement. Maintenant, vous pouvez disposer, docteure.

L'Homme-Rat lui a montré la sortie de la main, ce qui a pour effet de raviver sa douleur. Son visage se crispe.

— Vous me semblez mal en point. Avez-vous besoin d'aide ?

— Non, partez.

— Vous en êtes sûr ?

— Le Feu est aussi douleur. Et ma douleur est sacrée, vous ne devez pas l'entamer.

— Comme vous voudrez.

— Oui, c'est cela, vous avez compris. Les choses se passeront comme je le voudrai. Rien ni personne ne pourra en décider autrement. À l'exception du Feu, lorsque le temps sera venu.

Ian n'a pas réussi à obtenir d'autres informations de la part de Pola. De Kristel, il ne connaît que le prénom et la profession. Sinon, la fillette ne lui apprend rien sur l'identité des autres amis de son père. Ces gens qui se réunissaient la nuit, peut-être sous le sceau du secret. Sont-ce les membres d'un groupe opposé au Sénateur? Ou des collaborateurs du régime œuvrant en secret? Ian n'écarte aucune hypothèse.

Pour le reste, il croit mieux comprendre ce qui s'est produit, quelques jours auparavant. Pola et son père essayaient de rejoindre les individus en question lorsque, chemin faisant, ils ont été pris entre les hommes du Sénateur et les Rats. Une balle a atteint l'homme pendant qu'il tentait de traverser la rue. Heureusement, la fillette a eu plus de chance. Mais où se rendait-il avec sa fille, à cette heure de la nuit? Voulait-il échapper à un danger? Était-il menacé personnellement?

Pour un temps, ses questions demeurent entières. Pour la simple raison que ses préoccupations changent du tout au tout lorsque, un matin, il découvre que Parviz est parti.

Le garçon n'a rien pris avec lui, alors sans doute va-t-il revenir bientôt. C'est du moins ce dont Ian tente de se convaincre, aux côtés de Pola qui désespère de le revoir. La fillette harcèle son compagnon de questions auxquelles il ne sait que répondre.

— Il reviendra, se contente-t-il de dire, sans vraiment y croire lui-même. Il reviendra.

Ian ne peut en vouloir à Parviz. Rester enfermé si longtemps dans les profondeurs des sous-sols n'est pas chose aisée. On se prend rapidement à rêver de ciel et de grand air, même si en réalité le ciel se révèle gris et le grand air vicié la plupart du temps.

Et que sait-il du garçon ? Il l'a présumé sans famille, sans proches, mais est-ce vraiment le cas ? Peut-être que le fil de son destin se fait et se défait chaque jour, au gré des rencontres et des hasards. Peut-être que le temps est venu pour lui de faire profiter quelqu'un d'autre de son sourire.

N'en reste pas moins qu'il ne peut s'empêcher d'imaginer le pire. Il pense aux dangers de la Cité, en particulier aux Rabatteurs qui le font cauchemarder de nouveau. Comme lorsqu'Anna était vivante et qu'il redoutait qu'elle ne soit emportée, victime de ceux qui pourraient abuser d'elle et en tirer un bon prix. Mais finalement, Anna aura été victime de son frère, de son inaction, de sa peur. C'est ce que pense Ian, à tort ou à raison, ce coupable désigné qu'il n'a de cesse de mépriser. De haïr.

Peu à peu, Ian se convainc qu'il ne peut rester là, sans rien faire. Pas encore une fois. Un matin, il se décide enfin. Il prépare son sac en prévoyant plusieurs jours d'absence.

— Tu vas où? lui demande Pola.

— Chercher Parviz.

— Tu sais où il est?

— Non.

— Comment tu vas le trouver, alors?

— Je ne sais pas encore, mais tu viens avec moi.

— Pourquoi?

— Parce que ça pourrait être long. Et aussi parce que…

— Parce que quoi?

Il hésite. La vérité est difficile à énoncer, surtout lorsqu'elle parle de soi-même.

— Parce que je ne voudrais pas que tu disparaisses à ton tour.

Ian se rend chez Jacob, cet ami qui n'en est plus un. Plus depuis qu'il l'a vu dans les bras de Zoé, six mois plus tôt. Plus depuis qu'il s'est éloigné de l'un et de l'autre. Jamais il ne leur a pardonné, bien que ses pas, dictés par la nécessité, le conduisent de nouveau vers eux.

Jacob appartient au monde interlope de la Cité. Il s'est rapidement enrichi grâce à la contrebande, au recel de ce qui peut se monnayer. Beaucoup de gens, voleurs et petits journaliers du crime, gravitent désormais autour de lui. Il en retire une aura de prestige, sans compter l'argent, les armes et le reste. *C'est peut-être ce qui a séduit Zoé*, se dit Ian parfois. *Mais peu importe. Les choses ne seront plus jamais comme elles étaient. Jamais.*

Jacob est visiblement surpris de le voir là, devant lui, après des mois d'absence. Il s'efforce néanmoins de n'en rien laisser paraître.

— Ian! Mes condoléances, vieux. Je suis vraiment désolé pour ce qui est arrivé à Anna.

Jacob fait l'accolade à Ian, qui reste de glace.

— Qui te l'a dit?

— Zoé.

C'est au tour de l'amertume d'étreindre Ian.

— Tu la vois encore?

— Rarement, et pas pour les raisons que tu crois.

Pendant le silence embarrassé qui suit, Pola, restée en retrait, toussote pour faire remarquer sa présence.

— Tiens, c'est quoi, cette petite chose, là, près de la porte? Elle est avec toi?

— Et ce grand chameau qui parle, c'est qui? réplique Pola, les mains sur les hanches.

— Oh! Je vois que tu t'entoures de redoutables compagnons, Ian!

— Elle s'appelle Pola. Son père est mort pendant un pillage. J'essaie de trouver des proches qui pourraient…

— Ne compte pas sur moi! Les enfants, moi, tu sais…

— J'ai presque six ans! se défend Pola.

Le ton de Jacob devient subitement menaçant.

— Oui, l'âge parfait pour le trafic humain et le travail en usine! Alors estime-toi heureuse d'avoir trouvé Ian, petite!

Perdant de son aplomb, la fillette se réfugie derrière les jambes de son compagnon.

— Je ne suis pas ici pour Pola, mais pour Parviz.

— C'est qui, celui-là?

— Un garçon que j'ai trouvé…

— Qu'est-ce qui se passe? Tu t'es mis à recueillir tous les enfants perdus de la Cité?

— Il a environ douze ans, ajoute Ian en éludant les questions de Jacob. Il ne parle pas, mais il sourit tout le temps.

— J'imagine qu'il a deux mains et deux pieds? Et des yeux?

— Oui…

Jacob éclate de rire. Son rire en fait naître un autre, dans un coin de la pièce. Un rire qui sonne faux, trop haut perché, nerveux. Quelqu'un est allongé dans la pénombre, dans un coin. Le rire de Jacob s'enraye.

— La ferme, Zino! Arrête de rire comme un nigaud. Tu es encore complètement défoncé, c'est ça? Pauvre imbécile!

Jacob revient à Ian, sévère.

— Comment veux-tu que je te renseigne en en sachant si peu? As-tu une photo, un signe distinctif?

— Un sourire, je te dis. Si tu avais vu Parviz, tu comprendrais.

Jacob promet de garder l'œil ouvert. Il fera aussi passer l'information auprès des autres contrebandiers, de ses contacts, nombreux. Pourtant, Ian voit bien qu'il n'y croit pas trop.

— Selon moi, la première chose à faire, c'est de regarder du côté des Rabatteurs.

Jacob ne lui apprend rien, mais Ian espérait ne pas avoir à se rendre jusque-là. «Plus je m'en tiens loin, mieux je me porte», lui a toujours dit Jacob à propos des Rabatteurs. Et c'est exactement ce qu'Ian pense aussi.

À la fin de leur rencontre, Jacob lui donne un dernier conseil :

— Fais attention à l'Homme-Rat. Zoé m'a dit qu'il a une dent contre toi.

— Je crois qu'il ne va plus causer d'ennuis à qui que ce soit. Il a été tué pendant un pillage.

— Et tu penses qu'une simple balle peut en venir à bout? Il est trop coriace pour ça! En plus, il va sûrement vouloir profiter de l'incident pour faire mousser ses prétendus pouvoirs divins. Non, on n'a pas fini d'entendre parler de lui. Tu vas faire attention, d'accord?

Ian n'a que faire de ces mises en garde.

— Moi aussi, j'ai vu Zoé. L'Homme-Rat la tient enfermée dans la tour Apocryphe.

— Elle n'y est plus. Son oncle l'a encore transférée. Toujours pour mieux la protéger, de toi et des autres.

— De toi aussi?

— Je ne sais pas pourquoi, mais l'Homme-Rat semble me tolérer.

— Entre gens d'influence, on s'entend, non?

Jacob décide de ne pas relever la boutade.

— Quand je lui ai parlé, elle ne savait pas où elle déménageait. Je suis désolé. Si j'apprends où elle se trouve, je te le dirai.

Jacob semble de bonne foi, mais Ian a déjà tourné les talons. Trottinant derrière lui, Pola lui dit tout haut ce qui le désespère tout bas.

— Tu ne vas pas pouvoir revoir Zoé, c'est ça?

Le silence d'Ian confirme son hypothèse. Le voyant si assombri par la nouvelle, Pola se renfrogne.

— C'est qui, celle-là?

La réponse d'Ian est pour lui-même : *Celle que j'ai perdue. Et que je ne retrouverai sans doute jamais.*

Le jour même, Ian et Pola se mettent en route, avec pour destination la plus importante Zone productive de la Cité. S'y concentrent une partie des usines et des fabriques qui alimentent l'activité économique de la Cité, y compris des centrales qui répondent à ses besoins énergétiques. Il s'agit d'une véritable ville dans la ville, un royaume de l'outil et de l'objet, du travail enchaîné. Un vaste territoire industriel aussi bien gardé que les frontières de la Cité elle-même, avec miradors et postes d'identification pour ceux qui y entrent. La Cité protège le cœur de sa puissance, si généreuse pour quelques-uns, si avare pour tous les autres.

C'est également dans cette Zone que se trouve le camp de transit des Rabatteurs, près du centre de tri ferroviaire, le plus grand de la Cité. Ian veut savoir, il *doit* savoir, si Parviz y est, piégé lui aussi dans les rets du commerce, mais celui-là des hommes et des femmes. Des enfants.

Jacob lui a expliqué où trouver ce camp de transit, loin à l'intérieur de la Zone productive.

Emprunter la voie souterraine reste la façon la moins risquée de l'approcher, pourvu que soient évitées certaines canalisations, surveillées également par les gardiens du gain. Pour s'y diriger sans perdre le nord, sinon la vie, il faut en connaître les dédales, les secrets.

Jacob est l'un de ceux qui possèdent une connaissance approfondie de la géographie souterraine. La bonne conduite de ses activités illicites repose en partie sur sa maîtrise de la spéléologie urbaine. Plus que quiconque, Ian connaît son don pour trouver de nouveaux passages souterrains et se constituer une véritable cartographie mentale des lieux explorés. De là sa capacité d'accéder à quasiment n'importe quel lieu de la Cité, les beaux quartiers autant que les Zones productives. De là ses succès comme trafiquant.

Ian et Pola marchent le reste de la journée. Ils passent la nuit dans un bâtiment abandonné, non loin des hautes clôtures entourant la Zone productive. Au matin, ils trouvent la voie d'accès qui leur fera rejoindre les anciens réseaux d'égouts de la Cité, depuis longtemps désaffectés, loin sous la surface. L'eau suinte de partout dans ces canalisations en mauvais état où les deux visiteurs doivent parfois contourner des concrétions aux formes étranges. Les bottes de caoutchouc, comme celles qu'Ian porte invariablement, sont essentielles pour y demeurer les pieds au sec.

Pour sa part, Pola chausse les bottes d'Anna. Elles sont trop grandes pour elle, mais Ian y a inséré des bouts de tissu pour les mettre à sa taille.

Malgré son jeune âge, Pola se débrouille bien avec les échelles et les autres obstacles qu'il lui faut franchir. Même que sa petite taille lui est souvent utile pour marcher dans certaines canalisations où Ian, lui, doit avancer le corps voûté. Par contre, elle se plaint parfois des odeurs difficilement supportables des égouts, auxquelles son compagnon s'est habitué depuis longtemps.

Puis vient le moment de remonter vers la surface : au-dessus d'eux se trouve maintenant la Zone productive. C'est ce que leur indiquent des inscriptions gravées dans la brique, laissées par un ancien visiteur, peut-être Jacob lui-même. Ils laissent derrière eux, à la hauteur de la rue, les postes d'identification, où on leur aurait certainement refusé le passage, avec des coups de trique en prime.

Ils rejoignent une canalisation principale, vaste tunnel qui charrie les eaux usées et ses immondices nauséabondes. Marchant avec Pola sur le trottoir de droite, Ian guette l'échelle qui lui permettra enfin de retourner à l'air libre. Des rongeurs effrayés s'enfuient sur leur passage.

Mais voilà qu'Ian s'arrête subitement, le cœur lui aussi en arrêt. Il a entendu l'écho d'aboiements, derrière. Il n'a qu'un seul mot pour Pola, qui comprend aussitôt la nature de la menace :

— Cours !

Derrière, les chiens ont senti leur présence. Ils courent eux aussi, non pas vers la liberté, comme Ian et Pola, mais vers la promesse d'un festin, la gueule écumeuse, les muscles tendus.

À une époque, des chiens ont été dressés pour chasser ceux qui trouvaient refuge dans les sous-sols. Avec le temps, ils se sont multipliés, jusqu'à former de dangereuses meutes. Plus personne n'a d'emprise sur ces animaux qui, en se reproduisant, ont aussi reproduit la sauvagerie que les éleveurs avaient instillée en eux. Ils se nourrissent de rongeurs et de déchets, mais on raconte qu'ils ne dédaignent pas de dévorer un Rat de temps en temps, cette engeance qu'ils ont été dressés à tuer.

Dans le tunnel, les pas de course résonnent sur les parois. Même chose pour les jappements qui se répercutent autour d'Ian et de Pola, comme si les chiens étaient déjà sur eux. La lumière de la lampe-torche creuse l'obscurité qui leur fait face, sans révéler la moindre voie de salut.

À un moment, Pola se prend les pieds dans les pans de son manteau trop long. Tandis qu'Ian l'aide à se relever, le faisceau lumineux accroche des masses mouvantes, derrière. La lumière se réfléchit dans plusieurs rétines en mouvement.

Les chiens se sont dangereusement rapprochés lorsqu'Ian aperçoit enfin le profil d'une échelle. C'est le moment. En courant, il arme une bombe incendiaire et la lance derrière lui. Le trottoir de droite s'enflamme aussitôt. Sans attendre, il envoie valser une autre bombe, afin que le feu prenne possession du trottoir de gauche.

Les chiens stoppent net, sauf l'un d'eux, le chef de meute, qui devance les autres et qui s'embrase comme une torche. Ses hurlements ont un effet dissuasif sur ses congénères, qui battent en retraite pour un moment.

Alors qu'Ian et Pola parviennent au bas de l'échelle, le chien-torche se jette à l'eau pour éteindre le feu qui le dévore. Le courant a tôt fait de le faire passer sous le mur de feu qui le sépare de ses proies. Perspicaces, les autres chiens lui emboîtent le pas sans tarder.

Tous les chiens sont à l'eau lorsque Pola agrippe les premiers barreaux de l'échelle. Mais elle monte lentement, trop lentement. Et la voilà qui s'arrête à mi-chemin, deux mètres plus haut.

— Allez, Pola! Continue! Monte! Monte!

Déjà, les premiers chiens sortent de l'eau et reprennent leur cavalcade.

— Je n'ai plus de forces, lance-t-elle entre deux sanglots.

Sa course l'a complètement épuisée.

— Alors redescends ! Immédiatement !

La descente est aussi difficile que la montée. Tremblante, elle risque de perdre pied à tout moment.

— Laisse-toi tomber, je vais t'attraper !

Pola s'exécute. Ian l'attrape sans lui faire subir la moindre blessure. Vite, il l'installe sur son dos, par-dessus son lourd sac. Il commence à grimper, même s'il est peut-être déjà trop tard : la douleur explose dans son mollet. Le chef de meute y a accroché ses mâchoires, avec l'intention claire de ne pas lâcher prise. Ian sait que si d'autres chiens s'y mettent, c'en est fini de lui, de Pola.

En agrippant un barreau de ses deux mains, il utilise son pied libre pour frapper la tête de l'animal. Le chien grogne, comme pour lui dire qu'il ne capitulera pas. Son odeur de brûlé parvient aux narines d'Ian. Sa peau calcinée fume encore. La bête réclame son dû, sa vengeance.

Un ultime coup de pied lui fait enfin lâcher prise. Les autres chiens arrivent à ce moment précis, bondissant pour planter leurs dents dans sa chair, mais Ian est déjà hors de leur portée.

Il grimpe l'échelle alors que les bras de l'enfant, contractés autour de son cou, l'étranglent un peu plus chaque seconde. Malgré le poids qu'il porte, malgré l'étouffement, Ian atteint la bouche d'égout. En bas, les chiens continuent de japper, frustrés de voir la bombance leur échapper au dernier moment.

Ian et Pola sortent de terre après avoir évalué la sécurité des environs. Ils trouvent refuge dans un espace séparant deux bâtiments industriels. Ian y reprend son souffle pendant que Pola fixe le vide, absente. Elle digère difficilement les événements qui auraient pu lui coûter la vie.

— Excuse-moi de t'avoir entraînée dans tout ça, Pola. Ce n'était pas une bonne idée. Je suis désolé.

Le visage toujours aussi inexpressif, la fillette prononce quelques mots qui ont pour effet de le soulager. Pola est encore avec lui.

— Vilains chiens. Très, très vilains chiens.

Le projet de Kristel commence à prendre forme. Non pas que le Sénateur ait daigné lui accorder quoi que ce soit, mais à force d'entêtement, d'arguments, de flatteries aussi, la bourse s'est remplie peu à peu. La médecin n'a pas hésité à se rendre dans les beaux quartiers pour voir d'anciens patients, de vieilles connaissances, lorsqu'elle appartenait à un autre monde : celui des privilégiés. C'est le monde qu'elle a abandonné autrefois pour diriger le dispensaire, aux limites de la Cité.

Kristel connaît les mots qui déclenchent les sentiments de culpabilité des nantis, qui font mousser le don et tinter la cloche de la conscience. Sa parole est un scalpel qui ouvre les portefeuilles comme des artères bloquées. Qui délie les muscles sclérosés de l'altruisme.

Elle exploite la peur du Rat pour faire valoir un monde moins sauvage, plus civilisé. La mort dans la rue, sans soins, sans aide, c'est celle des animaux. Des bêtes. *Un animal blessé, souffrant, c'est dangereux, ça rue dans les brancards, avec le monde entier comme ennemi. Le Rat soigné et nourri n'est plus un Rat. C'est un être humain qui vous tend la main.* C'est ce qu'elle déclare, théâtralement retorse.

Elle poursuit sa quête dans les beaux quartiers, chirurgienne de l'âme autant que du corps. Les ablations du repli sur soi, c'est son affaire. De la radinerie chronique aussi, de l'ego dilaté, de l'esprit de clan. Oui, Kristel parvient peu à peu à ses fins, même si l'inquiétude ne cesse de croître.

Car en recueillant les dons, elle prend également le pouls des puissants. Rapide, nerveux. Ce pouls affirme que les Rats sont trop nombreux. Que la situation ne peut plus durer. Que le Sénateur doit y remédier. Des rumeurs affirment même qu'il a de grands projets pour la Cité. Kristel en ignore tout, mais une chose est sûre, ils n'ont rien à voir avec les siens.

Ses inquiétudes sont aussi pour des amis et des collaborateurs qui ne se sont pas présentés à leur dernière rencontre, deux semaines auparavant. Depuis, personne n'a réussi à les joindre. Peut-être ont-ils fui la Cité, comme certains le désiraient. Peut-être aussi le Sénateur est-il responsable de ces disparitions. Pourtant, rien du côté des dispensaires ni des Rabatteurs, Kristel s'en est déjà assurée.

Elle pense notamment à Pavel, un journaliste qui se démène depuis des années pour dénoncer les aberrations du régime. Ses pamphlets sont de véritables bombes, toujours signés : *L'ami des Rats.*

Elle sait que son appartement a été retrouvé sens dessus dessous, ce qui n'augure rien de bon. S'est-il fait prendre ? Savait-il des choses à propos de ce que le Sénateur manigance dans l'ombre ? Et où est donc sa fille ? Une fillette pleine de confiance et d'aplomb. Une fillette comme elle aurait aimé en avoir une.

Où es-tu donc, Pola ?

La jambe d'Ian est mal en point. C'est ce qu'il constate en remontant le bas de son pantalon, saturé de sang. Les dents du chien ont profondément entaillé la chair, comme la charrue retourne la terre. Pour arrêter le saignement, Ian se fabrique un bandage avec une partie de son chandail.

Puis vient le moment de continuer. Pola tente de l'aider à se relever, bien que ce soit inutile. Ian prend plutôt appui sur un mur, se redresse, esquisse deux ou trois pas, éprouve la douleur qui le fait boiter.

Pas très loin de là, un flot continu d'hommes, de femmes et d'enfants se traîne les pieds. Pour eux, c'est l'heure de prendre leur place parmi les machines. Personne ne lève la tête lorsqu'Ian et Pola vont se fondre dans la foule. Les travailleurs ont les yeux encore bouffis de sommeil, l'esprit ailleurs, loin, le plus loin possible de cette prison de jour qui leur vole tout ce qu'ils sont.

Peu à peu, l'armée d'ouvriers se clairsème, se défait par grappes, happée par la gueule des fabriques et des manufactures. Les deux clandestins poursuivent leur route, jusqu'à ce qu'ils soient presque seuls à cheminer. Au loin, devant, ils aperçoivent le centre de tri ferroviaire, avec ses conteneurs, ses clôtures. Ils sont tout près, maintenant.

Mais voilà qu'une patrouille vient vers eux. Ils bifurquent vers une voie moins fréquentée, puis vers d'autres rues qui leur permettent, après plusieurs détours, d'atteindre les limites électrifiées du centre de tri ferroviaire. Ils doivent alors se diriger vers l'ouest pour trouver le point de transit des Rabatteurs, adossé à ce même centre de tri. C'est ce que Jacob leur a dit. Et en effet, c'est là qu'ils le découvrent enfin, bien encadré par les clôtures et de grands bâtiments. S'y trouve une foule de gens rassemblés qui semblent attendre quelque chose, sans hâte. Certains marchent de long en large, d'autres demeurent immobiles, dans leurs vêtements dépenaillés qui les protègent difficilement du froid.

C'est une foule composée de réfugiés clandestins, d'orphelins, d'opposants politiques. Parmi eux se trouvent aussi de nombreux Rats, emprisonnés par les hommes du Sénateur à la suite des pillages, ou lors de rafles surprises dans les quartiers les plus misérables, les lieux souterrains.

Avec Pola, Ian trouve un endroit discret, derrière un muret. De son sac, il sort des jumelles pour mieux observer la foule. Il prend soin de fermer l'œil droit, comme avec une longue-vue : le verre droit est éclaté. Ian voit beaucoup de choses avec son instrument, même brisé. L'inquiétude, la lassitude, la peur… Mais pas Parviz.

Après quelques minutes d'observation, Pola s'empare des jumelles.

— Comment on peut trouver Parviz avec ça ? chuchote-t-elle. Les gens sont encore plus petits !

— Tu tiens les jumelles à l'envers, Pola.

Orgueilleuse, la fillette fait mine de n'avoir rien dit, rien entendu. Elle retourne les jumelles, mais n'a pas davantage de succès que son compagnon. Visiblement, Parviz n'est pas au camp de transit.

Ian est soulagé, non sans raison. Chacun sait ce qui attend les « rabattus ». Travail forcé pour les uns, champ de bataille pour les autres, quelque part sur la planète, là où les grandes cités établissent leurs nouvelles colonies. Il a une pensée pour ses parents, disparus depuis tant d'années. Il se demande s'ils se sont déjà retrouvés là, dans ce lieu de transit, avant d'être exilés ailleurs, dans une autre cité, dans une colonie quelconque, pour y être asservis par la volonté de quelque puissant.

Il chasse ces pensées en se disant que Parviz ne connaîtra pas ce destin, du moins pas pour l'instant. Cela le réconforte, même si la question demeure entière et lancinante.

Où es-tu, Parviz ?

Derrière le muret, Ian et Pola attendent la sortie des travailleurs une fois le soir venu. Ils se mêlent alors à ceux et celles qui quittent la Zone productive pour rejoindre leur masure, les traits tirés, le corps lourd. Par chance, les deux intrus n'ont pas à repasser par les sous-sols : l'identité des travailleurs n'est vérifiée qu'à l'entrée. Les chiens n'auront pas le plaisir de les revoir de sitôt.

Cependant, Ian garde un souvenir douloureux de sa rencontre avec les chiens. La morsure le fait souffrir, ce qui accentue sa boiterie. Il est affaibli, nauséeux, même si le saignement a cessé. Il décide de dormir au même endroit que la veille, à peu de distance des postes d'identification. Cette nuit-là, il est réveillé par des coups de feu en provenance de la Zone productive. Sans doute quelque trafiquant cherchant de quoi approvisionner son commerce.

Au matin, la jambe d'Ian est passablement enflée. Il sait qu'il doit vite soigner sa blessure. Sinon, il risque l'infection. Pola lui trouve une tige de métal qu'il peut utiliser comme canne.

Le rythme de leur avancée est lent, si bien qu'ils n'arrivent à leur abri du métro qu'une fois la nuit tombée.

Coulant sur la blessure, l'alcool lui arrache des cris de douleur. Pourtant, il sait que le pire reste à venir, car il doit encore rapprocher les chairs pour favoriser la guérison. On lui a déjà montré comment faire des points de suture, et il en a déjà lui-même pratiqué sur Jacob, à la suite d'une mauvaise rencontre souterraine. Il se souvient parfaitement de ce qu'a enduré Jacob, même en profitant d'anesthésiants improvisés. Ian, lui, devra procéder à froid s'il souhaite faire correctement les choses, à la fois comme rebouteur et comme patient.

L'aiguille pénètre la peau, Ian tire sur le fil en serrant les dents. En peu de temps, la sueur couvre son corps. Il pousse l'aiguille, encore et encore, cousant sa chair, pendant que la douleur le travaille tout entier. Après un ultime passage de l'aiguille, il coupe enfin ce fil grossier qu'il ne pourra sans doute jamais plus retirer, au risque de rouvrir sa blessure.

Le tremblement de ses mains ne lui permet pas de faire le nœud final, alors c'est Pola qui s'en charge. Ian s'effondre ensuite sur son matelas, vaincu, tandis que la fillette reste près de lui, compatissante, en caressant ses cheveux trempés. *Anna n'aurait pas fait autrement*, se dit Ian encore en surplomb au-dessus de l'inconscience.

À son tour, Pola doit affronter les effets de leur mésaventure. La nuit même, comme celles qui suivront, elle rêve aux chiens des sous-sols. Les images sont toujours les mêmes : ils surgissent des flammes, les crocs découverts, pour se jeter sur elle. Pola tente de s'enfuir, sans succès, il est déjà trop tard... Et elle se réveille en hurlant.

Chaque nuit, Ian doit la rassurer. Non, les chiens ne viendront pas la dévorer dans leur abri. Non, les chiens ne sont pas des êtres maléfiques qui la traqueront sans relâche, nuit après nuit. Mais sera-t-il toujours là pour la protéger?

— Je ne sais pas, répond-il, prudemment.

— Tu dois le jurer !

— Les choses ne se passent pas toujours comme on veut.

Pola réfléchit, avant d'oser exprimer sa pensée.

— Comme avec Anna?

— ...

— C'est ça? Comme avec Anna?

Ian énonce les mots péniblement.

— Oui, c'est ça. Comme avec Anna.

— Mais moi, je ne suis pas Anna. Ni Zoé, d'ailleurs, ajoute-t-elle en faisant la moue.

— Ça, c'est sûr.

— Moi je vais toujours rester avec toi, je vais t'aider. Avec ta jambe, tout ça.

— C'est gentil.

— Je te le jure! Toi aussi, tu dois jurer. Allez, vas-y!

Ian s'exécute, même s'il déteste les promesses. En particulier s'il n'est pas sûr de pouvoir les tenir. Ne s'était-il pas promis de protéger Anna? Ne s'était-il pas promis qu'avec Zoé, c'était pour toujours?

— Voilà, c'est mieux. Maintenant, je peux dormir. Les chiens ne me font plus peur.

Ce qui est vrai jusqu'à ce qu'elle s'endorme, et que les cauchemars la hantent de nouveau.

La blessure d'Ian a désenflé sans s'être infectée. Pas de signe de rage, comme il l'a redouté. Pola et lui profitent des réserves prises à l'appartement, quelques jours plus tôt. C'est une chance pour Ian, qui peut rester à l'abri pour soigner sa blessure et reprendre des forces.

Deux jours après leur retour, la nuit venue, des coups résonnent sur la porte. Les yeux ouverts dans l'obscurité, Ian demeure immobile, alerte, alors que Pola continue de dormir profondément. Presque aussitôt : d'autres coups, insistants. Ils se répètent encore, plusieurs fois, sans faiblir. Ce ne sont pas des coups portés au hasard, par quelque Rat prospecteur ou des Rabatteurs. Quelqu'un sait que l'endroit est habité.

Ian se lève sans bruit, lampe-torche à la main, pour se rendre à la porte. Il fait signe à Pola, qui émerge lentement du sommeil, de demeurer là où elle est, en silence. D'un mouvement brusque, il ouvre le judas qu'il a aménagé dans la porte. En même temps, il braque sa lampe-torche par l'ouverture.

Il est surpris de voir apparaître le visage de Parviz. Étrangement, pas une seconde il n'a envisagé la possibilité que ce soit lui, de l'autre côté de la porte. Aveuglé, le garçon n'en a pas pour autant perdu son sourire.

Immédiatement, la porte est débarrée et ouverte. Pola se jette sur Parviz, trop heureuse de le retrouver. C'est seulement à ce moment qu'Ian remarque que le survenant n'est pas seul. Un garçon et une fille un peu plus jeunes que lui se tiennent en retrait, sur la voie. Repéré, le garçon sent le besoin de justifier sa présence.

— Celui-qui-sourit nous a dit… Je veux dire, il nous a fait comprendre qu'on pourrait trouver quelque chose à manger ici. Ça fait deux jours qu'on n'a rien avalé. Ça devrait s'arranger bientôt, mais en attendant, on meurt de faim.

À ses côtés, la fille acquiesce vivement pour lui donner raison.

En guise de réponse, Ian leur fait signe d'entrer. Il va ensuite ouvrir une conserve, sur laquelle les nouveaux venus se jettent. Parviz les accompagne dans leur repas, avec ce calme serein qui marque chacun de ses gestes. Il tire un plaisir évident de son repas, même si sa satisfaction vient surtout d'ailleurs : celle de voir ses amis profiter d'un repas inespéré à cette heure de la nuit.

Ian est frappé par la ressemblance entre le garçon et la fille. Et comme il l'apprend rapidement, Tomas et Janis sont jumeaux. Des jumeaux d'une saleté incomparable, grossiers, bavards, turbulents. Chétifs, démunis depuis toujours, ils ne font pas leur âge. Pourtant, ils sont déjà vieux. C'est leurs yeux qui le disent, leur peau grise, leurs traits tirés.

Les jumeaux s'arrachent la conserve à tour de rôle. À contrecœur, chacun laisse Parviz y puiser ce à quoi il a droit. En quelques secondes, le contenant est presque vide.

— Ne mange pas tout, sinon tu vas le regretter! lance Tomas à Janis.

— C'est toi, le cochon qui veut tout manger!

Tomas réplique en lui donnant un coup dans les côtes. Malgré la douleur, elle lui sert une imitation réussie du cochon. Furieux, Tomas lui assène un autre coup. Voyant rouge, Janis se jette sur lui. La conserve part valser en répandant dans l'abri le reste de son contenu.

Ian et Parviz parviennent à les séparer, non sans mal.

— Frappe-moi encore, et tu devras te débrouiller seul pour le Tunnel! crache Janis.

— Tu penses vraiment que tu serais capable de faire quelque chose sans moi, espèce d'abrutie?

— Et toi? Seul avec le Tunnel, comment tu ferais?

— Il y a Celui-qui-sourit. Hein, qu'est-ce que t'en penses, toi? Tu pourrais m'aider?

Parviz acquiesce de la tête, mais mollement, ne voulant pas envenimer la situation.

— On a dit que personne ne devait savoir pour le Tunnel ! Personne ! ajoute Janis.

Ian remarque alors que Parviz le regarde avec insistance, comme s'il avait l'intention d'attirer son attention sur quelque chose. Est-ce à propos de ce dont les jumeaux viennent de parler ? Comme ce Tunnel, peut-être ? *Oui, le Tunnel,* semble lui dire Parviz, seulement avec les yeux.

— Quel Tunnel ? demande Ian à brûle-pourpoint.

Les jumeaux se taisent subitement.

— On ne peut pas le dire, c'est secret, finit par dire Janis, d'un seul trait.

Du coin de l'œil, Ian voit Parviz, qui continue de le regarder, toujours le sourire aux lèvres. Et puis le voilà qui dépose discrètement une main sur son ventre pour le tapoter doucement. Le garçon tente-t-il de lui dire quelque chose ? Le Tunnel serait-il une promesse d'abondance ?

— On ne peut rien dire, c'est vrai, concède Tomas. Par contre, si on peut rester ici, vous allez pouvoir profiter de notre combine. Hein, Janis ?

— Oui, ce serait un bon échange, répond-elle en dodelinant de la tête. Pourvu qu'il y ait d'autres conserves…

— Oui, il y en a d'autres, confirme Ian.

— Donc c'est entendu ? demande Tomas.

— C'est entendu, conclut Ian.

Pendant les jours suivants, la blessure d'Ian cicatrise comme il se doit, ses points de suture tiennent le coup. Peu à peu, il en oublie la recherche des proches de Pola. Pour lui, la présence de la fillette à ses côtés va déjà presque de soi. Elle aussi semble s'être rapidement habituée à cette nouvelle vie, même s'il l'entend parfois pleurer, le soir. Dans ces moments, Parviz n'est jamais loin pour la réconforter en silence.

Au fil de ces journées passées dans la promiscuité de l'abri, Ian en apprend davantage sur les jumeaux. Les deux enfants ne se souviennent pas de leurs parents, disparus depuis trop longtemps. Des voisins se sont pour un moment occupés d'eux, puis une tante, qui a finalement tenté de les vendre. Ils se sont enfuis, ont trouvé des âmes charitables, disparues à leur tour. Les Rabatteurs les ont piégés à plusieurs reprises. Chaque fois, ils ont réussi à leur échapper.

Les jumeaux sont des électrons libres de la misère, de vrais Rats avant l'âge. Ils sont ce que la Cité cherche à soumettre, ou à éliminer, peut-être parce qu'ils en connaissent déjà trop sur elle, sur ses pièges, ses secrets.

Ce sont des insoumis qui nuisent à la bonne marche des choses. Ils sont la pièce manquante qui fait stopper la chaîne de montage. Ils sont le beau crayon subtilisé qui retarde la signature du contrat. Ils font jurer ceux qui ne les connaissent pas et qui ne les connaîtront jamais. Pourtant, ils sont un pur produit de la Cité. C'est la Cité qui les a vus venir au monde, et maintenant, elle voudrait s'en défaire, parce que gênants, désagréables à voir, vulgaires. Ce sont des survivants de dix ans, des enfants qui n'en sont pas. Des enfants qui n'en ont jamais été.

Kristel a commencé à faire du repérage dans les quartiers abandonnés de la Cité, où les Rats ont formé leurs colonies d'indigents. Finalement, l'Homme-Rat lui a donné accès aux secteurs dont il a le contrôle, tant à la hauteur de la rue qu'en dessous. Des familles, des clans entiers y vivent, sous l'autorité de leurs membres les plus sages ou les plus tyranniques. Parfois, elle devine des embryons de sociétés dans ces organisations improvisées. Sont-elles des réminiscences du passé, ou des traditions d'ailleurs, empruntées, adaptées? Ou bien est-ce le travail inné de l'humain lorsque tout s'effondre?

Kristel entre en contact plus facilement avec ces groupes qui acceptent sa présence et les soins qu'elle prodigue, malgré la menace que représente tout ce qui vient de l'extérieur. En particulier les Rabatteurs, dont ils peuvent mieux se défendre en se regroupant. En revanche, ils ne peuvent rien, ou presque, contre l'Homme-Rat et ses extorsions régulières, du moins lorsqu'ils se trouvent dans les secteurs qu'il contrôle.

Ces groupes se méfient également des Rats qui vivent dans les sous-sols, qui mènent une existence nomade dans la Cité, petits voleurs, hommes et femmes perdus, parfois à l'esprit égaré. Imprévisibles, leurs pas sont dictés par les besoins du moment. Ayant la faim comme guide, le désespoir comme arme, ils volent et ils tuent, redoutés par tout un chacun.

Laissés à eux-mêmes, ces Rats sont la proie idéale des Rabatteurs, comme des organisations criminelles, celle de l'Homme-Rat au premier chef, qui leur promettent la protection, l'abondance, bien que parfois au prix de leur vie. Ces Rats ne connaissent que les abris de fortune, la peur du lendemain, l'ignorance des misérables. Ils fuient Kristel comme la peste, même si ce sont eux qui connaissent les maladies de la misère.

Il s'agit d'une multitude invisible, difficile à dénombrer. Des milliers, sans aucun doute. Sûrement davantage. Ils sortent de terre lors des pillages, expriment la puissance de leur nombre et le désespoir d'être si nombreux. Malgré leurs efforts, les hommes du Sénateur et les Rabatteurs peinent à contrôler leur population, qui ne cesse de croître. Et si leur nombre augmente, ce n'est pas parce qu'ils se reproduisent frénétiquement, à la façon des animaux, comme le pensent les puissants, mais parce que la Cité s'enrichit toujours davantage au détriment du plus grand nombre.

Dans les sous-sols, Kristel utilise pochoirs et bombes aérosols pour marquer les points de passage des futures équipes médicales. Des consultations y seront possibles, des vaccins y seront proposés. Elle tente de faire simple, utilise des images, sachant que la plupart de ceux à qui elle s'adresse ne savent pas lire.

Elle visite les endroits qu'elle connaît, découvre d'autres abris, faits de débris, ou aménagés derrière quelque encoignure. Elle appelle doucement, frappe aux battants en s'identifiant, prudemment, pour éviter les mauvais coups. Certains Rats se sentent menacés, victimes d'un monde qui n'a jamais été fait pour eux. Elle doit les rassurer, ou encore s'éloigner si cela est nécessaire. Parfois, l'odeur lui apprend qu'elle y découvrira un corps sans vie. Elle note alors l'endroit pour ensuite y dépêcher une équipe sanitaire qui le remontera à la surface.

Dans ces cas-là, Kristel pense à la fillette qu'on lui a amenée au dispensaire. Elle ne sait pourquoi, mais elle redoute toujours de trouver ses traits sur le visage des cadavres. C'est sa peur à elle, son pire cauchemar éveillé. Alors tant qu'elle le pourra, elle fera tout ce qui est en son pouvoir pour que cela ne se répète pas, même dans les lieux les plus reculés de la Cité.

Dans l'abri du métro, le problème de l'espace se fait rapidement sentir. Deux ou trois personnes peuvent y vivre correctement, pas cinq. Surtout pas avec Tomas et Janis, qui valent une bande d'enfants à eux seuls. Déjà insalubre, l'abri prend des airs de cellule surpeuplée.

Ian se demande s'il a bien fait d'accepter l'échange. Qui sait si cette affaire de « Tunnel » n'est pas une fumisterie concoctée par les jumeaux ? Lorsqu'Ian les questionne, ils demeurent évasifs.

— Ça viendra, lui répondent-ils. Ça viendra.

Toujours la même réponse, malgré le temps qui passe. Et Parviz qui ne dit rien. *Comment il le pourrait, de toute façon ? Et même s'il le pouvait, est-ce qu'il le ferait ? Parviz a ses raisons,* se dit-il encore, sans remettre en question la confiance qu'il lui porte.

En attendant, Ian va vider deux autres caches pour respecter sa part de marché. Il espère que le Tunnel remplira ses promesses, car une fois les caches épuisées, il n'aura d'autre choix que de s'en remettre aux pillages.

De retour des caches, Ian ouvre la porte de l'abri, mais n'en franchit pas le seuil. À l'intérieur, Tomas et Janis se battent, hurlant, entourés de désordre et de détritus. Une partie de l'endroit baigne dans l'eau des averses tombées récemment. Deux murs en sont encore ruisselants. Dans leur lutte, les jumeaux ont fait gicler l'eau sale sur l'ensemble de la pièce et de ses occupants. Parviz se tient dans un coin, dégoulinant, l'œil boursouflé. Il a tenté de séparer les belligérants, sans succès. Pola, elle, recroquevillée sur un matelas, cherche à se réchauffer dans une couverture qui a elle aussi reçu son lot d'éclaboussures.

Seul à avoir remarqué la présence d'Ian, Parviz lève la main pour lui dire : *Tout va bien. Je m'en occupe, ne t'en fais pas.* Sans un mot, Ian referme la porte et tourne les talons. En s'éloignant, il se promet de ne jamais remettre les pieds dans cet abri qui n'en est plus un. Qui ne mérite même plus ce nom.

Quelques heures plus tard, Ian est devant Jacob. Il l'a trouvé dans son repaire habituel, mais moins fringant que la dernière fois. Des bandages lui couvrent une partie de la tête et du torse. Le sang y perce en formant des taches sombres. Le contrebandier est affalé sur un divan aussi mal en point que lui. Mais il n'a pas perdu son sens de l'humour pour autant.

— Deux visites en si peu de temps! Tu dois vraiment être dans de sales draps pour venir me voir si souvent. Attention, je vais y prendre goût!

— Qu'est-ce qui t'est arrivé?

— Tu t'intéresses vraiment à mon sort?

Ian ne répond rien.

— C'est ce que je me disais. Mais je vais te répondre quand même, parce que ça te concerne aussi. Alors tu sauras que le Sénateur charcute nos réseaux et cherche à éliminer les lieux de passage souterrains. Ses hommes s'aventurent de plus en plus loin, même dans les zones qu'ils ne contrôlent pas. Et ils tirent à vue sans hésiter, comme ils le font maintenant pendant les pillages. Résultat? Le commerce devient difficile dans cette foutue cité!

Le commerce de Jacob, c'est celui du trafic auquel il s'adonne. Nourriture, vêtements, drogues, tout y passe.

— En quoi ça me concerne?

— Les hommes du Sénateur sont partout. Ils bouchent des canalisations ou les font dynamiter. Ils éliminent des sections complètes de souterrains et de bâtiments abandonnés. J'ai l'impression qu'ils préparent quelque chose.

Je ne sais pas quoi, mais ça n'augure rien de bon. En attendant, ça pourrait compliquer tes déplacements et peut-être même mettre en danger tes petits protégés. Au fait, as-tu retrouvé celui que tu cherchais?

— Oui.

— Tant mieux, tant mieux. Qu'est-ce qui t'amène, cette fois?

— Je cherche un nouvel abri. Plus sûr.

— Le métro te déplaît?

— Je cherche un abri plus sûr, je te dis. Et plus grand.

— C'est vrai qu'à force de t'entourer de toute cette marmaille…

Ian coupe court à son sarcasme.

— Alors, tu en connais un?

Jacob retrouve son sérieux.

— Tout le monde cherche un endroit sûr. Mais plus rien n'est sûr dans cette cité. Et les temps qui viennent seront encore plus incertains. Demande-toi plutôt comment vous allez vous nourrir, toi et les tiens. Depuis le dernier pillage, les Rats n'ont pas osé remonter à la surface. Toi non plus, j'imagine. Et crois-moi, quand la faim vous fera sortir à nouveau, ce sera pire encore.

— Donc tu ne peux pas m'aider?

— Non, et c'est pour ton bien. Un endroit sûr est un endroit secret. Et si je te révèle un tel lieu, même connu de moi seul, il n'est plus secret, il n'est plus sûr. Tu comprends?

— Merci quand même, ajoute-t-il en tournant les talons, déjà prêt à repartir.

Les mots du blessé l'arrêtent.

— À ta place, je regarderais du côté des anciens ministères. C'est plutôt tranquille, comme coin. Un peu loin, mais tranquille. Demande à voir Sasha. Dis-lui que c'est moi qui t'envoie, il t'aidera.

Voilà ce qu'Ian attendait.

— Et ne me remercie pas. T'aider allège ma conscience. Mais attention pour que la bienveillance ne t'égare pas. Ta façon d'agir n'est pas très raisonnable par les temps qui courent. Le danger nous guette tous.

Ian a une pensée pour Anna.

— Ça, je suis bien placé pour le savoir.

— Fais attention à toi, Ian.

— Vu ton état, c'est toi qui aurais intérêt à être prudent.

— Tu as raison. Au revoir, mon ami.

Ces derniers mots ressemblent à des adieux. Ian ne sait pas s'il le reverra un jour vivant, même si cela lui importe peu. Jacob est un contrebandier et un voleur. Oui, un voleur qui lui a pris Zoé, six mois auparavant, pour ensuite l'abandonner, pris de regrets.

Les voleurs qui prennent ceux que j'aime méritent le mauvais sort. Même lorsqu'ils tentent de se racheter. Même lorsqu'ils ont des regrets.

Ce soir-là, Ian a trouvé refuge dans une section des sous-sols contrôlée par les contrebandiers de Jacob, des adolescents pour la plupart. Ceux qui en gardent l'accès l'ont reconnu et ont accepté qu'il y passe la nuit. Ils ont même partagé avec lui la chaleur d'un brasero, à côté duquel il a pu dormir, à même le sol. C'est l'hospitalité et le respect dus aux amis de leur chef.

Le lendemain, très tôt, Ian est déjà parti lorsqu'ils ouvrent les yeux. De retour à l'abri, c'est une Janis encore mal réveillée qui lui ouvre la porte. À l'intérieur, le niveau de l'eau a encore monté, mangeant désormais la moitié du sol. Ne reste plus qu'un espace réduit encore au sec, où les jumeaux partagent le minuscule matelas d'Anna. La main de Tomas, encore endormi, baigne dans l'eau. À leurs côtés, Parviz est couché sous la table basse, Pola au-dessus, le corps agité de cauchemars où les chiens la poursuivent. Pas un centimètre qui ne soit utilisé pour le couchage. Ian sait que si le redoux hivernal se poursuit, les pluies aussi, l'abri sera complètement inondé.

— Nous partons, annonce-t-il simplement.

Janis l'aide à réveiller les autres qui émergent difficilement du sommeil.

— Emportez ce que vous pouvez. Remplissez vos sacs. Et ceux sur l'étagère.

— Où on va? demande Pola.

— Je ne sais pas.

— J'aurais dû m'en douter. C'est toujours ce que tu réponds, ajoute-t-elle, boudeuse.

La troupe se met en marche dès que les sacs sont prêts. En quittant l'abri, Ian le regarde une dernière fois. Des souvenirs y sont attachés, la présence d'Anna est partout. Pourtant, les regrets sont inutiles. *Cet endroit n'était pas fait pour elle. Pour personne. Ce n'est qu'un trou à rats. Pour les animaux, pas les humains. Non, pas les humains.*

Le groupe emprunte le réseau du métro pour se diriger vers la zone des ministères. Sur le chemin, ils croisent des Rats qui, comme eux, se déplacent dans l'obscurité des sous-sols. Des abris de fortune, parfois agglutinés, indiquent que beaucoup vivent là, sur le bas-côté des tunnels, dans les anciens dépôts, les salles électriques.

Ian reste constamment sur le qui-vive, ses bombes incendiaires à portée de main. Souvent, un regard, un simple mouvement de tête suffit à clarifier les intentions des uns, des autres. Parfois, certains s'enfuient, se cachent lorsqu'ils voient venir des individus attroupés.

On craint les Rabatteurs et leurs descentes dans les sous-sols de la Cité. Ils y piègent les Rats vulnérables, les enfants, les femmes. Les vieillards sont épargnés la plupart du temps, car sans valeur marchande. Enfin, d'autres habitants du métro ne remarquant pas même ceux qu'ils croisent, marmonnant, l'esprit embourbé, le corps ployant sous leur propre infortune.

Tomas et Janis ne marchent pas avec les autres. Ils vont devant, en éclaireurs, sans la moindre lanterne, dynamo à manivelle, ou lampe-torche, comme en utilisent plusieurs. Rats depuis toujours, ils ont pris l'habitude de se déplacer dans l'obscurité complète.

Approchant de la station la moins éloignée des ministères, Ian et les autres croisent un homme. En piètre état, il les regarde fixement en répétant : « Boum ! Boum ! » Il les suit pendant un moment, les harcelant, toujours avec ces « Boum ! » à la bouche. Lorsque l'homme s'éloigne enfin, une famille entière vient vers eux, les uns pressés contre les autres, effrayés.

Une fois parvenue à leur hauteur, la femme du groupe, visiblement la mère, les met en garde :

— N'allez pas par là ! Ils ont tout fermé. Tout !

Le groupe poursuit quand même son chemin, appréhendant ce qu'il trouvera plus loin. Il croise encore d'autres personnes, toutes partageant la même inquiétude. Puis voilà qu'Ian peut le constater par lui-même : la bouche de métro n'existe plus. Ce n'est plus qu'un amalgame de béton écroulé, de métal tordu.

— Boum ! fait Pola pour résumer la situation.

À ce moment, Tomas et Janis surgissent de l'obscurité.

— Cette nuit, j'ai entendu des explosions… commence Tomas.

— Non, c'est moi qui les ai entendues !

— Moi aussi !

— C'est pas ce que tu disais…

— Peu importe !

— Sale menteur !

— Tu veux mon poing ?

— Ça suffit ! coupe Pola du haut de ses cinq ans. Qu'est-ce qu'on fait, maintenant ? demande-t-elle, inquiète.

Après discussion, le groupe décide de poursuivre jusqu'à la prochaine station. Chacun se doute pourtant de ce qu'il y découvrira. Leur hypothèse est renforcée par la peur exhalée par chaque Rat rencontré en chemin, et confirmée lorsqu'ils arrivent à destination. Même tableau de matériaux brisés, enchevêtrés. Même impossibilité d'émerger des sous-sols pour s'en libérer. Le sentiment d'enfermement les prend à la gorge pour ne plus les quitter.

Il ne leur reste plus qu'à revenir sur leurs pas pour atteindre les bouches de métro croisées en chemin. Cependant, d'autres explosions leur font comprendre qu'elles aussi sont en train d'être condamnées. Ian regrette amèrement de ne pas avoir rebroussé chemin plus tôt, au lieu de s'enfoncer plus avant dans le tunnel, tête première dans le piège.

Mais Ian n'aurait pas tant de regrets s'il savait que les Rabatteurs attendent les Rats en fuite à l'extérieur de chaque station du réseau. Il ne sait pas que le piège est autant à l'intérieur qu'à l'extérieur du métro.

— Je connais une sortie... annonce Janis sans se démonter.

— Non, *je* connais une sortie...

— C'est pas vrai! C'est moi qui...

— Arrêtez! crie Pola.

Tomas se renfrogne, tandis que Janis poursuit.

— *Nous* connaissons une sortie sur la même ligne de métro. C'est un ancien monte-charge désaffecté. Peut-être qu'ils n'ont pas pensé à le détruire.

— Qui ça, «ils»? demande Pola.

— Les hommes du Sénateur, ajoute Ian sombrement, en se souvenant des mises en garde de Jacob.

Le silence s'abat sur la petite troupe. Chacun soupèse ce que ces mots recèlent de sombres présages.

— Il faut revenir sur nos pas, poursuit Janis, et passer environ quatre stations.

— Cinq, conteste Tomas.

— Quatre ou cinq.

— Cinq, je te dis!

— Peu importe, tranche Ian. On y va.

À ce moment, une explosion ébranle le tunnel. L'écho d'un cri leur parvient.

— Rapidement! ajoute-t-il.

Ils se pressent, la peur au ventre. Tomas et Janis sont déjà disparus dans les ténèbres, devant.

Les minutes s'égrènent, interminables, alors qu'ils courent sur la voie souterraine. Ils n'entendent plus que leurs respirations haletantes qui se mêlent les unes aux autres, parfois entrecoupées par une explosion lointaine.

Parviz a pris Pola dans ses bras pour lui permettre de suivre les autres et d'éviter de trop nombreuses chutes. Pour calmer sa peur, aussi, en la tenant serrée contre lui.

Après avoir franchi la quatrième station, Tomas et Janis surgissent de l'obscurité.

— Les Rabatteurs! annonce Tomas. Plus loin sur la voie… Ils viennent vers nous!

L'effroi s'empare de chacun. Ils sont des rats pris au piège.

— Nous devons arriver au monte-charge avant eux. Il n'est plus très loin, maintenant, ajoute Tomas.

— Je t'avais dit que c'était trois ou quatre stations, pas cinq !

— Ça va, ça va, dit Tomas, agacé. Janis va vous conduire au monte-charge et moi, je vais les retenir le plus longtemps possible.

— Comment ? demande Ian.

— Pas le temps de t'expliquer.

Immédiatement, il se fait avaler par la nuit du tunnel.

— On y va ! lance Janis.

Et ils courent. Ils aperçoivent bientôt des jets de lumière bleue qui déchirent l'obscurité. Ce sont les Rabatteurs qui utilisent leur fusil paralysant, une centaine de mètres devant.

— Plus vite ! halète Janis.

Des cris se font entendre. Des paroles dures. Ce sont celles des Rabatteurs qui ordonnent, qui menacent.

Seconde après seconde, la distance se réduit entre les fuyards et les Rabatteurs. Ian a l'impression qu'ils courent se jeter directement dans la gueule du loup.

— On y est presque !

Les Rabatteurs ne sont plus qu'à quelques mètres.

— Des Rats viennent vers nous, tenez-vous prêts à faire feu ! crie l'un d'eux.

À ce moment-là, une explosion de lumière blanche déchire l'obscurité. Pendant une seconde, Ian distingue parfaitement les Rabatteurs, cinq au total, avec leur manteau long, leur fusil paralysant. Ils portent des lunettes de vision nocturne, celles qui leur permettent de travailler dans la noirceur complète. Et qui font d'eux des chasseurs redoutables.

Derrière les Rabatteurs, une série de cages motorisées avancent lentement sur les rails. C'est à l'intérieur de ces cellules roulantes qu'ils enferment leurs prises. Certains Rats y sont étendus, encore paralysés, entassés les uns sur les autres. Ils voient et entendent, mais n'ont plus la maîtrise de leur corps durant plusieurs heures.

Lors d'une seconde explosion de lumière, Ian aperçoit, étendus sur la voie, les membres de la famille croisée plus tôt. Les Rabatteurs s'apprêtaient à les mettre dans une cage lorsque la première explosion de lumière est survenue.

Comme il le comprend, les explosions lumineuses sont l'œuvre de Tomas. Bien placées et assez puissantes, elles dérèglent pendant un instant les lunettes de vision nocturne des Rabatteurs. Le temps qu'elles se réajustent au changement de luminosité, Tomas a déjà fait exploser une nouvelle bombe.

Paniqués, les Rabatteurs tirent à l'aveuglette. Des jets de lumière bleue passent près d'Ian et des siens, qui s'en tirent à bon compte, exception faite de Janis. Elle émet un grognement lorsqu'une décharge touche son bras droit, sur-le-champ rendu inutilisable, ballant, comme mort.

— On y est! dit-elle sans piper mot de sa blessure.

Le monte-charge est là, les portes entrouvertes, assez grand pour contenir de la machinerie lourde. L'intérieur est jonché de détritus, traces des anciens locataires du lieu, qui ont déjà pris la fuite. L'endroit baigne dans une odeur intolérable. Une fois à l'intérieur, Janis dégage un trou percé dans le sol, caché par des planches et des détritus.

— Il faut descendre par là, explique-t-elle. En bas, derrière le monte-charge, il y a une échelle qui va jusqu'à la rue. Allez-y!

Janis tourne les talons pour sortir du monte-charge.

— Où tu vas? demande Ian, déconcerté.

— Tomas a besoin de moi.

Presque aussitôt, une nouvelle explosion lumineuse éclaire le tunnel. Des charges de lumière bleue y répondent, puis un cri de douleur. C'est celui d'un Rabatteur, pas de Tomas. Pendant ce temps, Pola et Parviz se glissent dans l'ouverture du monte-charge. Ian hésite à y entrer à son tour, se demandant ce que les jumeaux attendent pour les rejoindre.

— Janis! Tomas! hurle-t-il.

Dans le tunnel, les deux enfants assaillent les Rabatteurs aveuglés. Des coups sont donnés, des pierres jetées. Un Rabatteur s'est effondré, terrassé par le tir maladroit d'un camarade. Un autre a perdu ses lunettes de vision nocturne, dérobées par les mains expertes de Tomas.

Comme des combattants invisibles, les jumeaux cognent en silence, avec une rapidité foudroyante. Ils s'acharnent contre leurs ennemis de toujours, ceux qu'ils connaissent si bien à force de les avoir observés et harcelés. Les Rabatteurs sont des hommes du jour, pas de la nuit. Et sur le territoire des Rats, ils doivent s'attendre à trouver de la résistance, même de la part d'enfants de dix ans.

Comme ultime insulte, Tomas s'empare de la clé électronique des cages, portée par un Rabatteur. Les portes sont ouvertes, les unes après les autres.

— Sortez de là, allez! hurle Tomas aux prisonniers.

Ceux dont la paralysie s'est estompée ne perdent pas de temps. Ils s'enfuient, parfois en soutenant un Rat au corps encore engourdi.

Une dernière explosion de lumière blanche permet aux évadés de gagner du temps. Mais parmi eux, il s'en trouve qui vont directement se jeter sur les Rabatteurs. Des coups sont échangés. Des lunettes et des fusils sont arrachés, des corps tombent. Les Rats rendent leur propre justice.

Pour Tomas et Janis, c'est le temps de s'éclipser. Ils rejoignent le monte-charge, où Ian les attend encore. Sans un mot, Tomas lui installe sur les yeux des lunettes de vision nocturne dérobées.

Ian distingue alors parfaitement le sourire euphorique des jumeaux.

— Nous sommes les maîtres de la nuit! lance Janis, en tenant son frère par l'épaule, enivrée par leur victoire sur les Rabatteurs.

Cette fois, elle a dit «nous». Pourrait-il en être autrement? Après tout, les jumeaux viennent d'effectuer un ballet sauvage parfaitement exécuté. Pendant que leurs corps ne faisaient qu'un, que leurs gestes se répondaient sans un mot, ils sont devenus de vrais souverains souterrains.

Pourtant, le moment est venu pour eux d'abandonner leur royaume endogé. Ils doivent déposer leur couronne et remonter à la surface de ce monde qui n'a jamais été fait pour eux. Et qui ne le sera sans doute jamais.

Kristel s'est rendue en hâte au Palais du Sénateur. Elle veut savoir ce qui explique ces explosions, ces bouches de métro condamnées. Sur le parvis du Palais, des gardes lui refusent le passage. D'autres sont déjà là, comme elle, délégués d'organismes locaux, membres de groupes d'entraide, citoyens inquiets ou curieux. Des journalistes sont aussi présents, déjà installés, caméras éteintes. Ils attendent visiblement ce pour quoi ils ont été conviés.

Les gens échangent ce qu'ils savent, s'interrogent sur les intentions du Sénateur. Ils se taisent lorsqu'un porte-parole sort enfin du Palais. L'homme exécute un pas ou deux avant de s'arrêter derrière la haie de gardes. Les questions fusent, dictées par l'impératif de savoir. Seuls les journalistes demeurent silencieux. Ils sont là pour capter et relayer les discours officiels du régime, rien de plus.

Le porte-parole fait signe aux gens de se taire.

— Le Sénateur a pris la décision de condamner le métro pour des raisons de sécurité et d'hygiène publiques...

La suite de son discours se perd dans un brouhaha de réactions indignées.

— Des milliers de personnes vivent dans les tunnels du métro ! Que va-t-il leur arriver ? ne peut s'empêcher de lancer Kristel, outrée.

— Vous nous mettez devant le fait accompli ! C'est inacceptable ! s'emporte un autre citoyen.

Un coup de feu est tiré dans les airs, entraînant des cris de surprise et de peur. Un lourd silence s'ensuit. On se regarde, inquiets. Le coup de semonce ne pourrait être plus explicite. Du jamais vu. Le message est clair : on se tait et on obéit. Mais de cela, les journalistes officiels se garderont de parler.

Le porte-parole a tout le loisir de poursuivre :

— Le métro était devenu un foyer d'épidémies, comme le choléra et la peste. Oui, vous avez bien entendu ! Le choléra et la peste, des maladies éradiquées depuis longtemps dans les grandes cités du monde.

Le porte-parole élève devant lui un sac transparent contenant deux fioles. Les flashs crépitent, les gros plans se multiplient sur les objets incriminants.

— Des sections du métro menaçaient aussi de s'effondrer. Nous n'avions pas le temps de préparer un plan d'évacuation en bonne et due forme. Il en allait de la sécurité de l'ensemble de la population.

Comme nouvelles preuves à l'appui, il brandit de lourds dossiers devant les gens assemblés.

— Nous avons ici les études d'épidémio-logistes et d'ingénieurs qui en font foi.

Des gens payés par le Sénateur, bien sûr, pense Kristel, elle qui n'a jamais vu les signes du choléra et de la peste dans le métro, ni ailleurs dans la Cité.

— Les habitants du métro seront déplacés vers des lieux plus sûrs, poursuit le porte-parole. Nous ne pouvons vous en dire davantage à ce sujet, puisque cette opération d'envergure ne doit pas être entravée de quelque façon que ce soit. Le Sénateur y tient particulièrement.

Des voix s'élèvent, mais les gardes les font taire en pointant leurs armes sur la foule.

— Je profite de cette occasion pour faire une annonce importante. En vue de mettre fin aux pillages qui secouent la Cité, de nouveaux postes d'identification seront créés dans différents secteurs. Des points de presse vous tiendront informés en temps et lieu. Voilà, ce sera tout, merci.

Aussi rapidement qu'il était venu, le porte-parole retourne dans le Palais. Pour leur part, les gardes restent alignés sur le parvis.

Kristel est ébranlée par les derniers mots du porte-parole. Elle prend la mesure de ce qu'impliqueront ces nouveaux postes d'identification. Car pas de postes d'identi-fication sans murs, sans armes, sans miradors.

Et où ces postes seront-ils situés ? À qui seront distribués les laissez-passer ? Cela menacera-t-il son projet d'équipes mobiles ? Nuiront-ils à ceux et celles qui tenteront de rejoindre le dispensaire ?

Trop de questions, aucune réponse, et de lourds pressentiments qui la laissent muette, sourde à ceux qui l'entourent. Elle doit prendre le temps de réfléchir et d'en savoir plus avant d'agir. Et de laisser exploser sa colère.

Ian et les autres ont émergé des sous-sols dans un ancien entrepôt en surface. Pour y arriver, Janis a reçu l'aide de Tomas, car grimper une échelle avec un bras paralysé ne va pas de soi. Ensuite, la sortie, avec l'air libre en récompense. La souricière ne s'est pas refermée sur eux, pas encore.

Une fois dans la rue, il leur faut encore marcher une bonne distance pour rejoindre le secteur des ministères. S'y trouvent un certain nombre de bâtiments administratifs abandonnés, vestiges d'une époque plus faste de la Cité. Depuis, les organes politiques ont déménagé près du Palais, nouveau centre du pouvoir des Sénateurs.

Le secteur est peu habité en raison de son éloignement. Pas de commerces ou de Zone productive à proximité, avec un réseau souterrain moins développé qu'ailleurs. Pourtant, des gens se sont installés çà et là, dans ces édifices délabrés. Des entrées sont barricadées, signe que les nouveaux venus n'y sont pas les bienvenus.

Ian se sent épié, avec raison. Derrière les fenêtres, on l'observe. On juge de la menace que lui et les siens représentent, ou encore des ressources potentielles à détrousser.

Soudain, Janis s'arrête au milieu de l'avenue qu'ils remontent.

— Où êtes-vous, bande de crétins? hurle-t-elle, les mains en porte-voix.

Ian tente de la faire taire, craignant que l'insulte ne leur attire des représailles. Mais Janis continue de plus belle, alors que Tomas s'y met à son tour.

— Sortez de là, gros porcs! Vous avez peur des jumeaux, c'est ça? Je vous comprends, vous n'êtes pas de taille, fils de guenons! Allez, je vous attends!

Le lourd silence qui s'ensuit est finalement brisé par le grincement d'une porte qui s'ouvre, sur leur gauche. En sort un homme à la carrure impressionnante, suivi d'un adolescent presque aussi costaud. D'autres hommes sortent à leur tour des bâtiments adjacents, jusqu'à former une bande nombreuse. Ils avancent et convergent lentement vers les nouveaux arrivants, le regard braqué sur ceux qui les ont insultés si généreusement. Subrepticement, Ian a déjà sorti une bombe incendiaire de son sac.

Et voilà que Janis et Tomas s'avancent à leur tour, comme s'ils allaient au-devant de la confrontation. Ian tente de les retenir, mais Parviz lui pose une main sur l'épaule : *Laisse-les.*

Parvenus à quelques pas les uns des autres, les jumeaux et le groupe d'hommes, visiblement mené par le colosse et l'adolescent, s'arrêtent pour se faire face, immobiles. L'inégalité des forces en présence est telle qu'un combat semble invraisemblable. C'est alors que le visage des deux meneurs s'éclaire subitement. Pour leur part, les jumeaux se jettent sur eux en feignant la bagarre.

— Toujours aussi redoutables, les jumeaux ! s'exclame le colosse en repoussant les enfants d'un simple revers de la main.

C'est au tour des hommes attroupés d'être amusés par la situation.

— Que venez-vous faire ici ? poursuit le géant. Il me semblait que vous trouviez que le secteur manquait d'action.

— C'est encore vrai ! Regardez-moi ça, cette banlieue pépère, lance Janis en balayant les alentours du regard.

Nouveaux rires de la part de ceux qui lui font face.

— C'est une idée d'Ian, ajoute Tomas en se retournant vers lui.

— Je ne savais pas que vous connaissiez l'endroit, bafouille celui qui s'est approché d'eux, en compagnie de Parviz et de Pola.

— Tu ne nous as rien demandé. Mais on trouvait que c'était une bonne occasion de revoir Torv et Gali. Hein, Janis ?

— C'est vrai. Et on se disait qu'il y aurait peut-être un petit coin tranquille pour nous. Il faut dire qu'il y a un enfant avec nous, dit-elle en désignant Pola de la tête.

Vexée, la fillette lui lance un regard assassin.

— J'ai aussi besoin de reposer mon bras, ajoute-t-elle, bonne joueuse. Il y a un de ces cochons de Rabatteurs qui m'a touchée. Une chance qu'ils ne savent pas viser, ces imbéciles!

— Il y a un bâtiment inoccupé, pas très loin d'ici, annonce Torv. Sasha et ceux qui l'habitaient sont partis depuis une bonne semaine et ils ne sont pas revenus. Vous pourriez prendre leur place jusqu'à leur retour. S'ils reviennent un jour, évidemment.

— Quel nom vous avez dit? demande Ian, frappé par la coïncidence.

— Sasha. Un petit chef de bande qui se croyait plus malin que les autres. Vous le connaissez?

— On m'a parlé de lui, répond-il sans en dire davantage. Où il est parti?

— Dans le Centre.

— Pour le pillage?

— Oui.

— Alors il ne reviendra pas. Désolé.

— De toute façon, je ne l'aimais pas trop, avoue Torv. Et si ça peut aider Janis et Tomas, c'est tant mieux. Je vous en devais une, non?

— Tu l'as dit, Torv, tu l'as dit ! s'exclament les jumeaux en même temps.

— Messieurs dames, laissez-moi vous montrer vos nouveaux appartements !

Les appartements en question sont au quatrième et dernier étage d'un bâtiment imposant. Ils sont composés d'une vaste salle, avec son antichambre et des pièces attenantes. Sûrement le bureau d'un ancien fonctionnaire important, sinon un ministre.

L'endroit a connu des jours meilleurs : peinture écaillée, tapis brûlés, murs meurtris par une longue succession de squatteurs. Des objets brisés, abandonnés, des déchets y sont amoncelés, autant de détritus qui témoignent eux aussi des vagues d'occupation qu'a connues le lieu. Ce sont des strates d'artefacts qui racontent l'histoire récente de la Cité. Une histoire de débâcle et de ruine pour le plus grand nombre. Une histoire au fil brisé par le gouvernement des Sénateurs.

Pour sa part, Ian jauge l'endroit avec un regard pragmatique. Les derniers occupants y ont fait un travail appréciable. Les fenêtres aux vitres cassées ont été condamnées pour assurer une meilleure isolation, et de lourdes barres protègent la porte du bureau et celle de l'antichambre. Même qu'une sortie de secours est dissimulée dans l'un des murs du bureau. C'est Torv qui dévoile son existence aux nouveaux venus.

— Derrière cette porte, un escalier se rend directement au sous-sol. De là, un tunnel conduit à l'extérieur, dans la cour du bâtiment.

— C'est comme un château! s'exclame Janis, peu habituée à ce genre d'endroit, c'est-à-dire un endroit conçu pour y vivre, pas un non-lieu souterrain fait pour les machines, le transport, l'entreposage.

Vétuste, le bureau laisse deviner son lustre d'antan, avec son haut plafond mouluré, son foyer, ses tapisseries, même si tout cela est désormais fissuré, fracturé et dévoré par la moisissure. Pour Janis, c'est le summum du chic. C'est d'ailleurs grâce à Janis que l'endroit ne tarde pas à être baptisé «le Château» par ses nouveaux occupants.

— Pour le chauffage, ajoute Torv, il doit rester des boiseries dans certaines salles. Sinon, il y a d'autres bâtiments que vous pourrez *déboiser*, comme on dit par ici. Il faut juste vous assurer que personne n'y vit. Sinon, ce sont les problèmes assurés. Compris? Au fait, c'est quoi, le nom des deux autres?

— Lui, c'est Parviz, et elle, c'est Pola, répond Ian.

— Pola, c'est ta sœur? lui demande Torv.

La question l'ébranle. Pendant un moment, Anna est tout entière à ses côtés.

— Oui… non, je veux dire… Non, Pola n'est pas ma sœur.

— Ah bon. Je trouve qu'elle te ressemble, cette petite.

Sur ce, Torv quitte la pièce. Il laisse Ian sans voix, tandis que Pola lui étreint la taille.

— Vous avez entendu ce qu'il a dit? Je ressemble à Ian! Comme si c'était mon frère!

— C'est ça, et nous, on est tes cousins! lance Tomas à la blague.

— Peut-être! s'enthousiasme Pola. Ce serait bien!

Les jumeaux rigolent un bon coup avant de poursuivre leur investigation des lieux.

Pour leur première nuit au Château, Ian ouvre des conserves. Chacun mange avec contentement, auprès d'un feu qui réchauffe les corps autant que les esprits. Les visages se découpent dans la lumière des flammes, tandis que l'obscurité occupe l'espace alentour. Les silences succèdent aux rires, avec ce plaisir d'être là, bien en vie après une journée de danger et de peur.

Janis a retrouvé l'usage de son bras, repoussant le coup de fusil paralysant dans le domaine des mauvais souvenirs. La bande se sent plus forte que jamais, sustentée, en sécurité dans sa forteresse barricadée. L'instant est à la fête, avec la bonne fortune comme alliée du moment.

Pour la première fois depuis la mort d'Anna, Ian ressent quelque chose comme de l'apaisement. La douleur est encore vive par moments, mais à ses côtés se trouvent ceux et celles qui comptent pour lui. Et qui comptent sur lui.

Il jette un coup d'œil à Pola, installée sur Parviz, tous deux emmitouflés dans la même couverture. L'un au-dessus de l'autre, leurs visages semblent appartenir à une même créature. Cette créature qu'il est déterminé à protéger mieux que lui-même. Mieux qu'Anna.

Son regard glisse vers les jumeaux, toujours aussi remuants et chamailleurs. Il doit admettre que ces deux-là l'ont tiré d'affaire, lui et les autres, plus tôt dans la journée. Sans eux, peut-être seraient-ils en train de croupir au camp de transit des Rabatteurs. Sans eux, pas de nouveau refuge non plus.

Ian reconnaît qu'il a d'abord douté de leurs intentions, sinon de leur honnêteté. Il doit maintenant se rendre à l'évidence : il a besoin des jumeaux, bien davantage qu'eux ont besoin de lui.

Oui, il doit une fière chandelle à ces deux enfants courageux jusqu'à la démesure. Ils sont ce que la Cité a créé de plus fort, de plus coriace. Ils sont ce qu'elle ne pourra jamais détruire complètement. Tant que la Cité ne profitera qu'à quelques-uns, elle devra composer avec des Janis et des Tomas.

À un moment Pola brise le silence qui s'est installé autour du feu et de ses crépitements. Elle demande aux jumeaux pourquoi ils connaissent Torv, un homme qui, avoue-t-elle, l'effraie un peu.

Sans se faire prier, et en se relayant l'un l'autre, ou plutôt en s'interrompant à tour de rôle, ils racontent comment ils ont fait sa connaissance, environ un an auparavant.

C'était à la jonction de plusieurs canalisations, un lieu de passage important surnommé le Grand Connecteur. Les jumeaux transitaient par là lorsqu'ils étaient tombés sur une patrouille de Rabatteurs. Ceux-ci tenaient en joue un homme étonnant par sa taille et son gabarit.

Tomas et Janis s'étaient approchés à pas de loup pour mieux observer la scène. Dissimulés dans l'obscurité, ils entendaient le géant justifier sa présence. À ses côtés, trois corps gisaient immobiles, ceux de ses compagnons.

Torv, car c'est bien de lui qu'il s'agissait, affirmait qu'il était lui aussi Rabatteur, en donnant pour preuve son numéro de matricule. Les Rabatteurs ne voulaient rien entendre. Ils ne croyaient pas cet homme qui disait simplement retourner chez lui, en pleine nuit, avec trois acolytes. Que faisait-il sous terre, avec ces sacs vides? N'étaient-ils pas plutôt des Rats, en route pour piller le Centre? Mais cela leur était égal, après tout, puisque les Rabatteurs ne voyaient devant eux que des hommes solides qu'ils pourraient vendre à bon prix.

Un Rabatteur s'apprêtait à tirer sur Torv lorsqu'il s'était subitement effondré. Tomas venait de l'atteindre à la tête avec une pierre. Un deuxième Rabatteur s'était retourné et Torv en avait profité pour se jeter sur lui. Il avait été maîtrisé en même temps que les jumeaux s'attaquaient au Rabatteur encore debout, qui n'osait tirer sur Torv, de peur d'atteindre son collègue. Torv était rapidement venu leur prêter main-forte, jusqu'à ce que le dernier Rabatteur soit neutralisé.

Comme les jumeaux devaient l'apprendre par la suite, Torv avait en effet été Rabatteur. L'un des plus efficaces et des plus redoutables. C'est la mort de sa femme, quatre mois plus tôt, qui l'avait convaincu d'abandonner ses fonctions. Pour lui, la Cité ne méritait plus d'être enrichie par ses bons soins. Il ne pouvait continuer à lui fournir des esclaves alors que sa Frida était morte, faute de soins. Des soins trop coûteux pour ses maigres revenus de Rabatteur.

Le géant s'était donc fait contrebandier, occupation plus rentable que celle de Rabatteur, bien que plus risquée. Et c'est justement à la contrebande qu'il allait s'adonner lorsqu'il avait été surpris par les Rabatteurs. Malheureusement, ses compagnons avaient été rendus temporairement invalides. Impressionné par les aptitudes des jumeaux, il leur avait proposé de l'accompagner en échange d'une bonne récompense.

C'est ainsi que Janis et Tomas s'étaient liés d'amitié avec Torv et qu'ils avaient découvert l'existence du Tunnel. Depuis, ils l'avaient accompagné à plusieurs reprises dans ses excursions de contrebande. Chaque fois, ils avaient prouvé l'utilité de leur petite taille et l'étendue de leurs habiletés hors du commun dans les profondeurs de la Cité.

Une fois le récit terminé, le silence retombe autour du feu.

— C'est pour quand, le Tunnel? finit par demander Ian.

— Nous ne voulions pas le dire, commence Tomas, mais… C'est pour demain. Et nous aurons besoin de Parviz comme porteur.

Parviz acquiesce aussitôt. Ian s'inquiète de ce départ impromptu, ignorant tout des dangers que cette expédition représente. Pourrait-il s'y opposer? *Non, c'est à Parviz de décider. À lui seul.* Alors il se tait.

Pola ne dit rien non plus, mais uniquement parce qu'elle s'est endormie sur Parviz, avec des rêves pleins de chiens et de Rabatteurs. Heureusement qu'elle profite de la présence de ses compagnons, toujours prêts à lui venir en aide, même dans ses pires cauchemars.

De son côté, le Sénateur n'a pas perdu de temps. La nuit suivant l'annonce de leur construction, les postes d'identification sont érigés. Et comme Kristel l'avait prédit, ces postes ne viennent pas seuls. Tous sont reliés par un haut mur de béton que des travailleurs, encadrés par les hommes du Sénateur, achèvent de construire. Au matin, les citoyens les découvrent, comme sortis de terre. Quartiers entiers confinés ensemble ou scindés, rues désormais sans issue, la Cité s'est métamorphosée. Nombreux sont ceux qui se rendent aux postes pour y observer les plans qui y sont placardés. On s'étonne par des cris de surprise étouffés, la main sur la bouche, incrédule.

Les journaux du jour expliquent longuement ces actions visant à protéger les honnêtes citoyens. Les indésirables doivent être contenus, la sécurité assurée pour le bien commun. Sinon, la Cité sera emportée par le désordre, la violence, le feu. L'ordre doit être rétabli, la prospérité protégée.

Les journalistes tentent d'apaiser les peurs en parlant de laissez-passer pour ceux qui en feront la demande, bien qu'à différentes conditions. Ils affirment que les déplacements ne seront limités que pour les éléments indésirables de la population. En attendant, les postes d'identification seront fermés pour contenir ces mêmes éléments indésirables.

Promesses et tentatives d'apaisement font leur effet, même si certains continuent de craindre le pire. Parmi eux se trouve Kristel, elle aussi sortie tôt le matin pour lire les journaux et constater l'impensable. Les plans montrent clairement le mur qui, sous la forme d'une ligne sombre, serpente dans la Cité et enserre entièrement sa partie nord-est. C'est là que se concentrent, sur plusieurs dizaines de kilomètres, les quartiers d'indigents et les secteurs contrôlés par l'Homme-Rat. De l'autre côté, essentiellement : les quartiers aisés, le Centre, les Zones productives et les lotissements de travailleurs, fournis par les grandes entreprises de la Cité.

Ce mur est la nouvelle frontière d'une Cité déjà murée. Une frontière qui sépare la misère de l'avoir, la faim de l'abondance. Elle est l'œuvre du Sénateur qui enferme et retranche toujours davantage. D'abord la Cité, emmurée pour la protéger du monde extérieur, puis les quartiers d'indésirables, surpeuplés par la misère et l'immigration de cette même misère venue d'ailleurs.

Au moins, Kristel peut se réjouir d'une chose. Situé aux frontières de la Cité, son dispensaire n'est pas coupé de ceux et celles qui en bénéficient. Elle est du bon côté du mur.

Le soir même, la médecin organise une rencontre d'urgence avec des collègues, des amis. Des journalistes clandestins y sont, des représentants de groupes divers, tous des opposants au Sénateur. Ils ont l'habitude de se rassembler pour discuter, penser le monde autrement, agir lorsqu'il le faut. Cette fois, la rencontre se fait au dispensaire.

D'entrée de jeu, Francis, médecin d'un autre dispensaire, annonce la mort de Pavel. Le corps du journaliste a été vu dans la rue, lors d'un pillage. Sa fille était à ses côtés, vivante.

On s'attriste de cette nouvelle. Pavel était un homme apprécié de tous.

— Bon sang! Qu'est-ce qu'il faisait là avec sa fille? demande Kristel. À ce que je sache, il n'était pas un pillard!

— Quand c'était? demande quelqu'un.

— Le 12 janvier, répond Francis.

— Le 12 janvier... Attendez un peu... tente de se souvenir Kristel. Nous n'avions pas une rencontre, ce jour-là?

— Oui, chez moi, répond un de ses collègues.

— Alors il cherchait peut-être à nous rejoindre, avance-t-elle. Francis, tu peux essayer d'en savoir davantage? Il faudrait aussi retrouver Pola, sa fille. Si elle est encore en vie, évidemment.

Un silence d'appréhension tombe sur l'assemblée.

— Maintenant, pas de temps à perdre, continue-t-elle. Nous devons trouver le moyen d'obtenir rapidement des laissez-passer. Sinon, notre pouvoir d'action va s'en ressentir. Nous devons aussi nous tenir prêts à différentes éventualités. Et nous attendre au pire de la part du Sénateur.

Le lendemain, les jumeaux et Parviz quittent le Château pour le Tunnel. Ian reste auprès de Pola, qui partage ses craintes.

— Il va revenir, Parviz, hein?

— Bien sûr! lui répond-il pour la rassurer, peut-être autant que lui-même. Comme la dernière fois, il va revenir. Avec les jumeaux.

Ian voit bien que la fillette n'est pas rassurée. La journée entière, elle reste sombre, séparée de celui qu'elle craint de ne plus jamais revoir. Et le soir venu, ils s'endorment auprès du feu, dans ce Château qui leur apparaît soudainement trop grand.

Au matin, ils explorent les environs et se mettent en quête de bois de chauffage. Dans plusieurs pièces, les murs ont perdu leurs boiseries. Même chose pour la parqueterie, presque entièrement disparue dans les flammes du foyer. Dans certaines salles, les murs ont été dépecés pour en retirer des montants, des poutres. La structure du bâtiment s'en trouve dangereusement affaiblie.

En cet endroit comme dans tant d'autres, les squatteurs successifs font figure de termites dévorant leur propre demeure. Ian connaît pourtant les avantages des sous-sols de la Cité, où la température demeure constante, plus clémente, même lorsque le point de congélation est atteint à l'extérieur. Des vêtements adaptés et de bonnes couvertures suffisent à s'y tenir au chaud l'hiver durant, sans aucun besoin de combustible.

Le lendemain, pas de nouvelles des jumeaux, de Parviz. Ian et Pola poursuivent leur collecte de bois pour s'occuper, penser à autre chose. En fin de journée, tandis qu'ils effectuent un dernier transport de bois, ils découvrent une présence dans la grande salle. Un feu y a été allumé, des couvertures déplacées. Pola s'élance dans la salle en criant le nom des amis qu'elle croit de retour.

Ian partage un instant sa joie, avant que le doute ne le prenne. Son appréhension se confirme lorsque Pola s'arrête devant le tas de couvertures qui tremble devant l'âtre. Une tête en émerge, des cheveux noirs, emmêlés.

— Mais… Mais je ne le connais pas, lui! C'est qui?

Ian la fait reculer. Il tient déjà à la main une bombe incendiaire, sortie de son sac.

— Qui es-tu? Qu'est-ce que tu fais ici?

— C'est plutôt moi qui devrais vous poser la question. Vous êtes chez moi, ici.

Ian ne voit pas le visage de l'intrus, mais il devine sa vulnérabilité avec cette voix neutre, sans force, tremblante elle aussi.

— Torv nous a permis de nous installer ici. Ceux qui y étaient sont partis…

— J'étais de ceux-là. Mais je suis le seul qui est de retour. Les autres sont…

— Le pillage?

— Oui, c'est ça… Le pillage… Les flammes… Les coups de feu… Je n'ai plus la force de raconter… J'ai froid, j'ai froid.

Moment de silence. Pendant lequel le pillard rassemble les forces qui lui restent.

— Je me suis caché… Ils étaient partout. Je ne savais pas comment revenir. Ils ont bloqué les passages souterrains, le métro. Ils ont construit un mur infranchissable. J'ai mis des jours à trouver un chemin… La Cité est devenue une prison dans la prison… Je pensais revoir les autres ici, mais il n'y a personne. Je suis le dernier.

— Les autres?

— Ceux qui vivaient ici. Franck, Lucy, Sylvia, les autres. J'ai vu Sasha tomber. J'ai tenté de le sauver, mais il était déjà… Une balle l'avait touché.

Les tremblements se mêlent aux sanglots qui ébranlent son corps. Se déplaçant lentement, Ian découvre le visage livide d'un jeune homme dans la vingtaine. Il est si pâle que ses lèvres sont blanches.

— À quoi bon, maintenant. À quoi bon, sans lui. Et de toute façon, la Cité ne veut plus de nous. Le Sénateur a gagné. Peu importe, maintenant. Je m'en viens te rejoindre, Sasha. J'arrive…

Ian aimerait dire quelque chose, même s'il ne sait quoi. Puis le corps cesse de trembler.

— Il s'est endormi ? demande Pola.

Ian s'en approche encore, prudemment, pour soulever les couvertures. Sur le ventre du jeune homme, un bandage improvisé cache une blessure profonde. Saturé de sang, le tissu n'a pas réussi à arrêter l'hémorragie. Le blessé a achevé de se vider de son sang.

— Non, il est mort.

Ian remarque qu'il tient quelque chose serré contre lui. Il dégage l'objet en ouvrant la main du cadavre, qui le tient encore fermement. C'est un bout de papier, chiffonné et sali. Il décode lentement les mots qui y sont écrits, maladroitement.

J'aime penser à toi et moi
Toujours entre nous
Avec nos mains ensemble
Et notre feu au cœur du feu
Et cette autre faim d'être deux

Le poème est signé : Sasha.

Le jour même, Ian enterre le jeune homme dans la cour du Château. Il est aidé par Torv, venu identifier la victime. Marco était son nom, pilleur comme tant d'autres. À ses côtés, plusieurs avaient trouvé une façon de tromper le sort pendant quelques mois, quelques années. Et puis un dernier pillage, où le destin les a rappelés à l'ordre.

Un petit écriteau avec le nom gravé du défunt est planté sur la tombe. Non loin dans la cour, d'autres écriteaux évoquent la fatalité qui porte différents noms : dysenterie, typhus, grippe… Sans oublier les armes des uns et des autres, blanches ou rouge feu.

Pour remercier Torv de son aide, Ian ouvre une conserve, parmi les dernières. Pendant que Pola s'amuse à leurs côtés, ils discutent de rumeurs, de témoignages. Le nouveau mur, les passages souterrains bloqués, les rafles qui se multiplient dans les sous-sols. Déjà deux jours que Parviz et les jumeaux sont partis pour le Tunnel. Ont-ils pu l'atteindre ? Ont-ils été bloqués au retour ? Ont-ils été pris à partie par les hommes du Sénateur ou les Rabatteurs ?

— Les jumeaux ne sont pas des Rats comme les autres, dit Torv pour rassurer Ian.

— Je sais, je sais. Mais Parviz…

— Parviz est entre de bonnes mains, j'en sais quelque chose. Ne t'inquiète pas.

— Toi, le Tunnel, tu n'y vas pas ?

— J'ai des hommes qui y sont partis hier. Gali en fait partie. Et il n'y a pas que ce Tunnel, tu sais. J'ai d'autres sources de ravitaillement. J'ai mes entrées, ou plutôt mes sorties.

— Des sorties ?

— La Cité n'est pas tout ce qui existe sur cette planète !

— Je sais, mais je ne l'ai jamais quittée.

— Un jour, les murs tomberont, tu verras. Alors tu pourras aller à la découverte du monde.

— Pourquoi es-tu encore ici si tu peux partir ?

— Justement : je veux les voir tomber. Et je veux les faire tomber moi-même. Avec ces mains, ajoute-t-il en lui montrant ses deux immenses paluches.

— Moi aussi, j'aimerais les voir tomber. Mais ils sont toujours plus nombreux…

— Les murs n'y pourront rien lorsque le moment viendra.

— Et ce grand jour, c'est pour quand ? demande Ian en hésitant entre la raillerie et l'impatience.

— Plus rapidement que tu ne le penses. Ce qui se passe actuellement dans la Cité nous en approche chaque jour. Tu dois te tenir prêt. Moi, je le suis.

— Tu te battras comment? Avec quelles armes?

— Le désespoir, la faim, le rêve.

— Ce n'est pas nouveau, tout ça.

— Non, c'est vrai. Par contre, il y a toujours un moment où les choses basculent. Et ce moment est presque venu. Alors je te le répète, tiens-toi prêt. Et lorsque tu le seras, tu me verras à tes côtés.

— Je suis déjà prêt. Depuis longtemps.

Surtout depuis qu'Anna n'est plus là. Surtout depuis que la Cité m'a pris ma sœur.

Très tôt le lendemain, des coups ébranlent la porte du Château. Émergeant du sommeil, Ian est convaincu qu'il s'agit de Parviz et des jumeaux. *Il était temps!* Mais la voix de Torv, derrière la porte, brise son espoir de les revoir enfin.

— C'est Torv, ouvrez! J'ai avec moi quelqu'un qui vous cherche.

Ian débarre la porte, non sans rester sur le qui-vive. De l'autre côté, Zoé lui apparaît, un énorme sac à ses côtés. Elle est souriante, même si visiblement épuisée. Ian demeure sans voix.

Pour sa part, Torv se montre exaspéré.

— Tu la connais? Parce que la demoiselle ici présente hurle ton nom depuis les premières lueurs de l'aube. Alors, c'est bon, je peux retourner dormir?

— Oui, oui, bafouille Ian.

— Merci, Torv! lui dit Zoé, reconnaissante.

Le géant marmonne quelque chose d'inaudible en s'éloignant.

— Qu'est-ce que tu fais ici? demande Ian en sortant de sa torpeur.

— Je suis partie. Je n'en pouvais plus de mon oncle. Et puis…

— Et puis quoi?

Ian espère qu'elle parle de lui, d'eux, mais ce n'est pas ce qu'elle s'apprête à faire.

— Et puis il y a ça…

Lentement, Zoé dévoile ce qu'elle tient serré contre elle. Un paquet qu'il n'avait pas remarqué jusqu'à ce moment. Et qui se met à remuer et à gémir.

— C'est Agathe, annonce-t-elle en regardant affectueusement le nourrisson qui s'éveille.

Ébahi, Ian n'a qu'une seule question en tête.

— C'est… c'est à toi? C'est ton enfant?

Après un moment d'incompréhension, Zoé éclate de rire. Son rire est si franc, si soudain, qu'il effraie le bébé. Rire et pleurs combinés ont pour effet de sortir Pola du sommeil.

— Un bébé!? s'étonne la fillette en se levant pour aller à sa rencontre.

— Tu es drôle! On s'est vus il y a un mois à peine. Je t'ai semblé enceinte, peut-être?

— Non…

— Alors non, ce bébé n'est pas le mien. C'est celui d'une fille de l'immeuble où j'habitais. Quand je lui ai dit que je partais, elle m'a suppliée de le prendre avec moi.

— Pourquoi? s'étonne-t-il.

— Tu ne peux pas imaginer ce qu'elle endurait. Elle travaillait pour les hommes de mon oncle. Elle était… tu sais, ajoute-t-elle en considérant la présence de Pola.

Celle-ci en profite pour demander de prendre le bébé.

— J'ai l'habitude, vous savez ! Ma voisine en avait un et je m'en occupais parfois.

— D'accord, mais tu fais attention, petite.

— Pas si petite que ça ! Et j'ai un nom, tu sais ! Pola.

— Enchantée, Pola. Je suis Zoé.

Pola se renfrogne. *Qu'est-ce qu'elle fait ici, elle ? Pfff, en plus, elle est même pas belle*, juge-t-elle de mauvaise foi. Mais le bébé que lui tend Zoé lui fait oublier son animosité. La fillette s'éloigne avec le nourrisson qui s'apaise déjà.

— Elle ne voulait pas qu'il lui arrive quelque chose, poursuit-elle en regardant Pola s'installer auprès du feu avec Agathe. Elle ne voulait pas qu'il lui arrive la même chose qu'à elle.

— Je comprends…

— Et mon oncle prépare quelque chose avec ses fidèles. Avec le nouveau mur et tous ces transferts, il faut s'attendre au pire.

— Comment tu as fait pour venir jusqu'ici ?

— Pas de mur entre ici et là où j'étais. Nous sommes dans la même prison. Mais je vois que tu t'es trouvé une cellule spacieuse. Bravo !

— C'est grâce à Jacob, avoue-t-il. Est-ce que tu l'as revu ? demande-t-il avec un peu trop de fermeté.

— Oui. Il est venu voir mon oncle à propos de ce qui se passe dans la Cité. C'est lui qui m'a dit que tu étais dans la zone des ministères.

— Donc vous n'avez pas…

— Arrête, Ian. Jacob est mon ami, c'est tout. Et dis-moi, tu es seul ici avec cette Pola ? ajoute-t-elle pour s'éloigner d'un sujet délicat.

— J'attends Parviz et les jumeaux.

— Je vois que tu t'es fait de nouveaux amis, dit-elle en feignant la jalousie.

— Ça n'a rien à voir ! se défend-il vivement, faute d'avoir saisi l'ironie.

— Alors je vais pouvoir m'installer avec toi ?

Ian n'hésite pas, malgré les sentiments contradictoires qui se bousculent en lui.

— Bien sûr… Tu es ici comme chez toi. Le bébé aussi.

— Je savais que je pouvais compter sur toi. Merci, Ian.

Zoé l'embrasse tendrement avant de se rendre auprès de Pola et du bébé. Zoé de nouveau à ses côtés, Ian se prend soudain à croire à l'inespéré.

Au dispensaire, les premières équipes mobiles ont été mises sur pied. Maintenant que les secteurs d'indigents sont bouclés, les besoins sont plus criants que jamais. Sous l'impulsion de Kristel, d'autres dispensaires ont adhéré à son initiative. Les équipes se partagent les secteurs, tentant de coordonner efficacement leurs actions.

Sur le terrain, Kristel constate les effets presque immédiats du nouveau mur et des postes d'identification verrouillés à double tour. La nourriture et les combustibles manquent, les maladies infectieuses prennent des proportions épidémiques.

Une nuit, tandis que Kristel revient vers le dispensaire, elle croise un convoi de véhicules. Des blindés encadrent des camions bâchés, visiblement en provenance de l'autre côté du mur. Intriguée, elle suit discrètement le convoi qui s'arrête bientôt, en plein milieu de la rue. Les hommes du Sénateur en font descendre des hommes et des femmes qui, sans repères, restent là, immobiles. Le docteur y voit beaucoup de vieillards, d'handicapés, de gens malades. Ils sont des dizaines, l'air hagard, miséreux.

Sans attendre, elle et son équipe viennent en aide à ceux et celles dont l'état de santé est précaire. Ce faisant, elle recueille les témoignages des nouveaux arrivants. Tous racontent la même chose, à peu de différences près. Ils ont été pris en pleine rue, dans les sous-sols, parfois dans leur maison. Dans tous les cas sans ménagement, avec la force, dans un concert de cris et de pleurs. On leur a dit qu'ils devaient être transférés immédiatement. Pour quelle raison? «Parce que», leur a-t-on répondu. Pour combien de temps? «Le temps qu'il faudra.»

Kristel a remarqué que les enfants et les femmes en âge de procréer sont rares dans ces contingents d'exilés dans leur propre Cité. *Peut-être transfèrent-ils les éléments de la population jugés dangereux? Non,* tranche-t-elle aussitôt. *Pas avec tous ces vieillards et ces éclopés. Pas avec ces gens sans force, éperdus. Ce sont les individus jugés inutiles. Ce sont ceux dont personne ne veut.*

Ce convoi n'est que le premier de nombreux autres qui se succèdent pendant les jours suivants. Témoin impuissant de cette migration forcée, Kristel n'a pas les ressources nécessaires pour loger tous ces gens cherchant à se protéger des rigueurs de l'hiver, en particulier dans les quartiers vite surpeuplés. Certains sont aidés par des proches, d'autres trouvent refuge dans les sous-sols, où ils sont à l'abri des éléments. Les faibles, les égarés font le régal des chiens.

Les hommes les moins mal en point, souvent déjà pillards ou contrebandiers à la petite semaine, sont recrutés par l'Homme-Rat ou d'autres bandes. On leur réserve les plus basses, les plus dangereuses besognes. On leur fait expérimenter le système de sécurité du nouveau mur pour y déceler des brèches. Mais les brèches sont rares, les victimes nombreuses. Même chose dans les sous-sols, où le mur se prolonge sous la forme de postes de garde ou de tunnels condamnés.

Les nouveaux arrivants font gonfler la population, en même temps que les effectifs de l'Homme-Rat. Car avec la misère qui se creuse, c'est la puissance du prophète qui s'accroît.

Et après ? se demande Kristel. *Quel sort attend les habitants déportés ? Et les autres ?* On raconte que plusieurs laissez-passer ont déjà été délivrés. On dit même que l'Homme-Rat en aurait profité l'un des premiers. Sont-ce des faits ou de simples rumeurs ? Quand aura-t-elle le sien, essentiel pour se procurer ce qui est nécessaire à son travail ? Sans laissez-passer, l'argent qu'elle a amassé ne lui servira bientôt plus à rien.

Chaque jour depuis l'érection du mur, elle se rend aux postes d'identification pour poser les mêmes questions, recueillir les

mêmes silences. Sinon, elle sillonne la Cité,
prodigue des soins de première nécessité,
ausculte, réconforte, distribue des vêtements,
des couvertures.

Elle pense encore à la petite Pola, dont elle
est sans nouvelles. Elle pense également à la
fillette sans nom déposée à son dispensaire,
quelques semaines auparavant. Elles sont
devenues les deux visages de tout ce qui est
possible : l'espoir d'un côté, le mauvais sort
de l'autre. Elle redoute même que si elle ne
retrouve pas Pola, l'infortune triomphera.
Comme si de son sort dépendait aussi celui
de la Cité.

Le soir suivant son arrivée au Château, Zoé est couchée devant le feu, Ian à ses côtés. Agathe dort près d'eux, dans les bras de Pola qui ne l'a pas quittée de la journée.

Pressé contre elle, Ian regarde les reflets du feu danser sur son visage. Il touche chaque partie de son visage, l'une après l'autre. Il ne peut croire qu'elle est là, avec lui pour de bon. Il en a rêvé, désespéré si souvent malgré la colère, le ressentiment.

Les deux restent là, longuement, sans rien dire. Les crépitements du feu suffisent, leurs regards aussi. Tout a été déjà dit, avant que leurs bouches ne se rencontrent.

— J'ai fait une erreur, je n'en ferai plus, lui a-t-elle chuchoté. On ne va plus se quitter, d'accord ? Tu ne vas plus me chasser…

Il a fait non de la tête, ému, heureux d'enfin faire la paix avec elle, mais surtout avec lui-même. Ces histoires, c'est du passé. Ils sont ensemble de nouveau, l'avenir leur appartient. Il sent la force lui revenir, celle de la confiance. Celle de l'amour.

— Si je retourne avec mon oncle, je vais en mourir. Il me vole chaque jour de ma vie, chaque minute. Avec lui, je n'existe plus.

— Je te garde avec moi, ne t'inquiète pas.

— C'est une promesse?

— Oui, c'en est une.

Ce disant, Ian a senti son estomac se serrer. Il n'aime pas ces promesses qui peuvent attirer le malheur, comme si elles menaçaient ce qui était mieux à l'abri du secret. Comme si les promesses existaient pour n'être pas tenues.

Lentement, le serrement s'est dénoué, la promesse est restée. Ian et Zoé ont continué leurs retrouvailles improbables en silence, unis dans leurs rêves communs.

Et puis, le lendemain, Parviz et les jumeaux sont revenus.

Chargés comme des mulets, ils sont chaudement accueillis au Château. Pola ne se gêne pas pour crier et pleurer sa joie après plusieurs jours d'attente. Ian serre contre lui Parviz, dont il retrouve avec joie le sourire. Ses yeux lui disent son bonheur d'être de retour. *Tout va bien*, affirment-ils. *Tout est pour le mieux, maintenant.* Ian veut y croire. Ian veut croire à ce visage qui, pour un moment, apaise ses craintes.

Les nouveaux venus sont épuisés, mais entiers, sans la moindre égratignure. Même chose pour Gali et d'autres contrebandiers qui reviennent eux aussi du Tunnel. Ils suscitent le bonheur du retour tant attendu et le plaisir de l'abondance retrouvée. L'expédition est un franc succès.

Les sacs sont ouverts, des richesses en sont extirpées. Des conserves, mais également ce dont seuls les nantis profitent : fruits et légumes frais, viande séchée, poisson fumé, friandises. S'y trouve du matériel qu'Ian ne connaît pas, et grâce auquel les jumeaux fabriquent leurs bombes de lumière. Des vêtements aussi, difficiles à trouver en bon état, surtout de la bonne taille, des bottes, des manteaux. Sans compter d'autres objets utiles, piles électriques, chandelles, outils, combustible…

Janis a même un cadeau pour Pola.

— Oh! Une robe!

Et une fois la robe revêtue:

— Regardez! s'exclame-t-elle en virevoltant. Regardez comme elle tourne bien! Je peux danser, maintenant! Dans un château, en plus!

Restée en retrait, Zoé partage la joie de la petite troupe. C'est Pola qui, mettant fin à sa danse royale parmi les détritus, la présente aux autres.

— Voici Zoé! C'est… c'est l'amoureuse d'Ian.

Les efforts de la fillette portent ses fruits: aucun signe d'antipathie dans sa voix.

— Et le bébé, c'est Agathe, mais c'est pas le bébé de Zoé. C'est le bébé d'une autre. C'est moi qui m'en occupe. Hein, Zoé, c'est vrai que je m'en occupe?

— Oui, c'est vrai. Et tu t'en occupes très bien.

Pola rayonne de fierté. Sa jalousie pour Zoé achève de se transformer en gratitude.

Le soir même, la petite troupe fête ses héros. Tous festoient tandis que les jumeaux fanfaronnent en racontant leurs exploits. Ils parlent d'entrepôts gigantesques où transitent des millions de biens destinés au commerce entre les Cités. Ils évoquent cette infinité de caisses et de conteneurs où il suffit de plonger la main pour en retirer des merveilles. Par contre, entrer dans les entrepôts n'est pas une mince affaire, même chose pour en ressortir.

Heureusement, les contrebandiers ont leurs complices parmi les gardes. Il s'agit d'amis de Torv, eux aussi d'anciens Rabatteurs opposés au Sénateur. Pour profiter de ces trésors entreposés, il faut attendre que ces hommes soient de faction. Et ils ne le sont pas toujours, puisque souvent transférés d'un lieu à l'autre, justement pour éviter les complicités de ce genre.

Les voleurs doivent éviter les gardes postés à l'intérieur des entrepôts pendant la nuit. Les jumeaux accompagnent leurs anecdotes de mimes : ils rasent les murs, rampent, se déplacent sans bruit. Ils imitent les gardes qu'ils bernent facilement, présentés comme des hommes stupides et lents, tant de corps que d'esprit.

Plus tard dans la soirée, Zoé sort d'un sac une toile où elle a peint Anna. Sans un mot, elle l'accroche au mur, près du foyer. Le silence se fait peu à peu, jusqu'à ce que les jumeaux eux-mêmes se taisent pour contempler la toile.

— Qui c'est? finit par demander Pola.

— C'est Anna, répond Zoé doucement, tendrement.

Ian est subjugué par le regard d'Anna qui semble n'être destiné qu'à lui. La toile soulève en lui des émotions dissonantes, des souvenirs mêlés.

— C'est ma sœur, dit-il sans même s'en rendre compte.

Soudain, il prend conscience qu'à la façon d'Anna, ceux qui l'entourent ont le regard posé sur lui. Et parmi ceux-ci se trouve celui de Parviz. C'est un regard généreux qui lui dit: *Nous sommes là, autour de toi. Avec toi.*

L'évidence le frappe subitement. C'est une révélation, essentielle.

Oui, Parviz a raison, Anna est avec moi, comme les autres le sont aussi. Elle a toujours été là, avec moi. Et elle le restera.

Au réveil, Ian découvre Zoé qui prépare son sac.

— Qu'est-ce que tu fais? s'étonne-t-il.

— J'ai besoin de lait et de langes pour Agathe.

— Où tu vas trouver ça? demande-t-il en se levant d'un bond.

— Sa mère et moi avons convenu d'un endroit où elle déposerait le nécessaire, une fois par semaine. Je sais, je ne suis arrivée qu'hier, mais je devais transporter mon bataclan, alors je dois y aller aujourd'hui.

— Non, tu n'iras pas.

Ces mots sont sortis d'eux-mêmes, impérieux comme l'ordre d'un père.

— Tu es arrivée hier, tu ne peux pas repartir maintenant! ajoute-t-il.

— C'est seulement pour quelques heures…

— Je ne vais pas te perdre après une seule journée, ce n'est pas vrai!

— Je vais revenir, tu sais, lui dit-elle en souriant, sur le ton de l'évidence.

Mais ses paroles n'ont pas l'effet escompté.

— C'est trop dangereux avec ce qui se passe, ces gens affamés, perdus.

— Et Agathe ? On ne peut pas la laisser mourir de faim.

— On a beaucoup à manger, maintenant !

— Il lui faut du lait. Pas des conserves ou de la viande séchée.

Soudain, la solution apparaît à Ian. Sa décision est prise avant même qu'il n'en fasse part à Zoé.

— J'irai.

— Quoi ?

— Tu me dis où je dois me rendre et j'irai. Ce sera comme ça et pas autrement.

Peu après, Ian quitte le Château. Zoé a essayé de le dissuader, mais rien n'y a fait.

En s'éloignant des ministères, il prend la mesure des changements survenus depuis peu. Avec tous ces gens dans la rue, ces pauvres hères, la population semble avoir doublé. Il y a aussi les milices de l'Homme-Rat qui défilent dans les rues dont elles se sont rendues maîtres pour de bon. Ian évite de croiser ces hommes fanatisés, de peur d'être reconnu. Cette fois, l'Homme-Rat ne l'épargnerait pas. Surtout s'il savait où se trouve sa nièce en ce moment même.

Ainsi, il aperçoit bientôt un groupe de fidèles qui s'en prennent à un homme visiblement terrifié. Ils s'intéressent de près au contenu de son sac.

— Je vous en prie… C'est tout ce qui me reste… J'ai une famille et…

— Ici, la faim est pour chacun. Et de toute façon, tu n'auras plus besoin de quoi que ce soit.

— Pourquoi? Qu'allez-vous me faire?

— Nous ? Rien du tout ! C'est le feu qui s'en chargera. La fin du monde s'en vient, tu ne le savais pas ?

— Pas vraiment... dit l'homme en tremblant.

— Donc, c'est que tu viens juste d'être transféré. Est-ce que je me trompe ?

— Non...

— Alors bienvenue en enfer ! lui lance un autre milicien en le frappant à la tempe.

L'homme s'écroule, inanimé. Les fidèles n'attendent pas plus longtemps pour partager le contenu du sac et engouffrer ce qui s'y trouve de nourriture.

Rebroussant chemin, Ian emprunte une autre rue pour rejoindre l'immeuble indiqué par Zoé. Avant d'y entrer, il s'arrête pour voir le nouveau mur qui, au bout de la rue, s'élève comme une nuit de barbelés et de tours. S'en dégage l'impression que le Sénateur souhaite imposer aux consciences : celle de sa volonté toute-puissante.

Pour monter les deux premiers étages de l'immeuble, il doit enjamber des gens endormis dans l'entrée et sur le premier palier. Il cogne à la porte de l'appartement 22, après quoi une voix mauvaise lui répond.

— Que voulez-vous ?

— Je viens voir Esther, celle qui sait tout et voit tout.

Ce sont les mots qu'il doit prononcer, comme Zoé le lui a expliqué.

Le son de verrous, de l'autre côté de la porte, lui confirme qu'il a dit ce qu'il fallait. Le visage d'une femme lui apparaît, l'air méfiant, les traits tirés. Ian devine qu'il ne s'agit pas de la mère d'Agathe. Trop vieille, trop maigre.

— On m'a dit que c'était une fille qui viendrait, lance-t-elle, soupçonneuse, en dévisageant son vis-à-vis.

— Elle ne pouvait pas, explique Ian pour faire simple.

La femme hésite avant de se décider.

— Un instant.

La porte se referme, et s'ouvre de nouveau, cette fois sans chaîne de sécurité.

— Voilà, dit-elle en lui tendant un sac. Filipa aimerait savoir comment va le bébé.

— Filipa?

— La mère d'Agathe. Ma fille.

— Elle va bien. Très bien.

— Parfait. À la semaine prochaine, alors.

— Oui, c'est ça. À la semaine prochaine.

Il tourne les talons, mais la femme le retient. Sa main s'est agrippée à la manche de son manteau.

— Je ne pouvais pas le garder, vous savez. C'était trop dangereux, pour la petite et pour moi. Vous comprenez? Vous comprenez?

En disant cela, la femme se transforme. Sa froide méfiance disparaît pour faire place à la détresse. Celle d'une femme qui a

151

perdu sa fille, sa petite-fille, le reste aussi, sans doute.

Ian se dégage de sa prise, troublé, puis s'éloigne pour de bon.

Peu après son retour dans la rue, Ian voit venir vers lui un nouveau groupe de fidèles. *À croire qu'ils sont partout!* se dit-il en modifiant son itinéraire. Il ne voudrait pas, comme le vieil homme, être délesté de son sac au contenu si précieux.

Il laisse la rue aux fidèles qui ont entonné l'*Hymne du Feu*:

Le Feu viendra
Soyons confiants il viendra
Il nous délivrera enfin
Pour laver notre honneur
Le Feu viendra
Il réduira ce monde en cendres
Ce monde qui doit disparaître
Qui est déjà mort mes frères
Le Feu viendra
Nous brûlerons avec lui
Nous serons ses flammes
Furieuses et pures
Nous serons le rêve du diable
La main vengeresse des dieux
Le Feu viendra

Nous brûlerons avec lui
Nous serons la fin du monde
Le début du Règne nouveau
Celui du Feu éternel…

Le chant des fidèles se perd sous l'effet de la distance et des caprices du vent.

Marchant vers le secteur des ministères, une colonne de fumée noire attire son attention. Les incendies ne sont pas rares dans la Cité, où on se chauffe comme on peut, souvent dans des conditions précaires. Mais lorsqu'il découvre que la direction du Château est également celle de la colonne, un doute s'empare de lui pour ne plus le quitter. C'est un doute qui se transforme en angoisse à mesure qu'il accélère le pas et que la colonne de fumée enfle devant lui, jusqu'à dominer entièrement l'horizon.

Courant désormais à perdre haleine, il tourne une ultime intersection, puis s'arrête, interdit. Devant lui, au bout de l'avenue, le Château brûle telle une torche. La fumée s'élève en tourbillons furieux, si dense qu'elle semble solide. L'odeur de la matière qui se consume l'assiège d'un coup, en même temps que la cendre qui emplit l'atmosphère.

Ian reprend sa course, partagé entre l'horreur et un puissant sentiment d'irréalité. Il remarque alors des corps sur la chaussée. *Non, ce ne peut pas…* Il passe de l'un à l'autre, sans en reconnaître un seul, jusqu'à ce qu'il arrive à la hauteur du cadavre sur lequel un homme est penché. L'homme, c'est Torv. Et le cadavre, celui de Gali.

Le géant lève sur Ian un visage décomposé. Il est blessé au bras, mais sa douleur vient d'ailleurs. Ian ne peut prononcer un seul mot, même si Torv répond déjà à ses questions inexprimées. Il le fait lentement, difficilement, comme s'il n'y croyait pas lui-même.

— L'Homme-Rat est venu avec des fidèles. Ils ont emporté Zoé et le bébé. Gali est allé à leur rencontre, mais l'Homme-Rat ne voulait rien entendre. Un de ses fidèles a tiré, sans avertissement. Alors des coups de feu sont partis des bâtiments, de la rue. C'était affreux. Un carnage.

— Et… et les autres ? Ceux qui étaient avec Zoé ? Pola, Parviz…

En guise de réponse, l'homme jette un regard en direction du Château qui flambe.

— Non… non… murmure Ian qui lui non plus ne peut y croire.

Il poursuit sa course jusqu'à proximité du Château, où une chaleur insoutenable l'arrête. Le feu se déchaîne dans un bruit de bête rugissante. Il tente une nouvelle approche, prêt à affronter le brasier, mais il doit reculer, une main brûlée, les sourcils roussis, une partie des cheveux aussi.

Il marche de long en large, la peau rougie, en criant le nom de ses compagnons. Ses mots sont balayés par les grondements du feu.

Subitement, sans crier gare, le Château s'effondre sur lui-même dans un formidable tonnerre de pierres éboulées et de bois brisé. Déjà affaiblie, la structure a cédé sous le poids de la toiture. En s'affaissant, le Château produit une éruption de matériaux enflammés qui projette Ian sur le sol. Celui-ci reste étendu, immobile parmi les décombres, le corps abattu, avec le désir que tout s'arrête enfin.

Finalement, peut-être que le feu va me délivrer moi aussi. L'Homme-Rat a eu raison. De moi et des autres. Je te hais, Homme-Rat. Je te souhaite la mort que tu ne veux pas. Car finalement, le feu, tu ne le mérites pas.

Le feu s'est peu à peu essoufflé, avant de s'éteindre en fumant, repu. Ian s'est traîné jusqu'aux décombres, où il a grimpé, difficilement. Il a fouillé les débris, au hasard, en usant des moindres parcelles de force qui lui restaient, même de celles qu'il n'avait pas. En ahanant, la peau noircie par la suie, les mains blessées, il a déplacé des monceaux de débris, jusqu'à ce qu'il soit incapable de soulever le moindre fragment de pierre, de bois.

Et, sans même s'en rendre compte, il a glissé dans l'inconscience. Son corps est demeuré là, sur le flanc du monstre qui avait dévoré les siens. Pourtant, c'est la chaleur de la créature, au cœur toujours brûlant, qui l'a préservé du froid. Deux jours durant, elle l'a réchauffé de ses braises. Pour Ian, pas de mort blanche après les ravages de la mort rouge.

Puis Ian a cru que le monstre renaissait de ses cendres. Car comment expliquer les mouvements de son propre corps alors qu'il ne contrôlait plus le moindre de ses muscles? Et cette chaleur qui semblait lui revenir doucement alors qu'elle ne faisait que s'amenuiser jusque-là?

Peu à peu, il distingue des voix. Il y a ce liquide dans sa gorge, ces mains qui s'activent sur lui. Il ouvre les yeux au prix d'un effort considérable, puis les referme, les ouvre encore. Une femme se tient au-dessus de lui, souriante.

— Je m'appelle Kristel. Tes amis sont en sécurité, ne t'inquiète pas. Maintenant, nous allons nous occuper de toi.

L'effort fourni lui vaut de sombrer à nouveau dans l'inconscience. Pourtant, il a entendu ces paroles dont il se saisit avant de sombrer. Et les voilà qui irriguent son corps, activent son sang, se transforment en force du vivant. Ian en consomme la lumière, y puise le nécessaire pour pouvoir les entendre de nouveau, ces paroles qui sont la promesse de ce qu'il croyait avoir perdu pour de bon.

— Il ouvre les yeux ! Il se réveille !

Ce sont les premiers mots qu'Ian perçoit au sortir de l'inconscience. Ce sont ceux de Pola, penchée sur lui. Parviz s'approche à son tour, interpellé par les mots de la fillette.

En quête de repères, Ian tente d'identifier l'endroit où il se trouve, mais des étourdissements le prennent lorsqu'il veut tourner la tête. Ses ébauches de questions n'ont pas davantage de succès. Aucun mot ne parvient à sortir de sa bouche empâtée, mal coordonnée.

— Tu es au dispensaire, lui annonce Pola. C'est Kristel qui nous a trouvés. L'Homme-Rat est venu, tu sais, il a emmené Zoé et Agathe. Il a voulu nous faire brûler, mais on s'est sauvés par le passage secret. Après, on a rencontré Kristel. Et tu sais quoi ?

Elle se penche vers Ian pour n'être entendue que de lui.

— C'est la même Kristel que je connais !

En signe de complicité, elle acquiesce longuement avec un regard entendu.

Elle poursuit :

— En me voyant, tu sais ce qu'elle a dit ? Elle a dit qu'elle me cherchait et que maintenant qu'elle m'avait trouvée, elle se sentait mieux.

Ian sourit, heureux de revoir Pola toujours si vive. Vivante. Puis il pense aux jumeaux, dont il s'enquiert comme il peut, en esquissant maladroitement leurs noms.

— Ils ne sont pas loin, répond-elle. Mais tu sais comment ils sont. Ils ne tiennent pas en place !

Son rire entraîne celui d'Ian, qui se transforme en une toux incontrôlable. C'est l'effet de toute cette fumée respirée en côtoyant le monstre.

— Oh non ! Je ne voulais pas te faire tousser ! Tu dois te reposer, maintenant. Après, je vais te faire visiter la Maison de l'orphelin. C'est là que nous habitons, Parviz et moi. Mais pas les jumeaux. Tu sais pourquoi ? Parce qu'ils trouvent les lits trop blancs et pas assez durs ! Et puis ils ne veulent pas faire les activités en même temps que les autres. Mais il y a plusieurs enfants qui vivent avec nous, tu sais. Je me suis même déjà fait de nouveaux amis. Et il y a Kristel qui vient parfois nous voir. Tiens, elle est là. Kristel ! Kristel ! Ian est réveillé ! Bon, maintenant, repose-toi bien. À plus tard !

Tandis que Pola s'éloigne, Parviz pose une main sur l'épaule d'Ian. *Nous sommes encore là*, disent ses yeux. *Nous sommes toujours là. Et toi aussi.*

C'est ensuite au tour de Kristel de venir auprès d'Ian. La femme lui inspire confiance au premier regard.

— Pola m'a dit ce que tu as fait pour elle et les autres. Tu peux en être fier. Je ne t'en remercierai jamais assez. Tu sais, pour moi, elle est devenue… comment dire… importante. Enfin, passons.

Kristel lui explique que beaucoup de choses se sont passées pendant son hospitalisation. Après le transfert de milliers de citoyens de l'autre côté du mur, les hommes du Sénateur se sont enfin mis à distribuer des laissez-passer. Essentiellement aux gens en bonne santé, jeunes et en état de procréer. Et une fois qu'ils ont passé le mur, aucun d'entre eux ne revient.

On raconte que certains sont engagés dans les usines de la Cité. D'autres seraient envoyés dans les colonies, où le travail forcé les attend. On raconte encore que les meilleurs spécimens sont recrutés par l'armée, ou bien exilés dans d'autres cités, comme domestiques ou ouvriers. Dans tous les cas, peu nombreux

161

sont ceux qui décident de rester enfermés dans cette partie de la Cité où l'on meurt de faim et de froid.

Elle lui dit encore que la Fédération des Cités ignore peut-être l'existence du nouveau mur et les transferts de population. Depuis longtemps, le Sénateur est passé maître dans l'art de contrôler l'information et d'acheter le silence. Et la Fédération a montré, à différentes reprises, qu'elle était capable de fermer les yeux sur des exactions commises au nom de la sécurité.

Sinon, l'Homme-Rat continue de semer la terreur partout où il passe avec ses fidèles. Le prophète représente même une raison supplémentaire pour laquelle nombreux sont ceux qui souhaitent traverser le mur, peu importe ce qui les attend de l'autre côté. Il continue de prêcher la fin du monde par le feu, achevant de terroriser la population. Plusieurs en sont même venus à croire à cette apocalypse imminente, ce qui a pour effet d'en faire les jouets malléables de l'Homme-Rat.

Kristel pourrait également lui dire qu'elle se démène pour soulager ceux qui ont froid, ceux qui ont mal. Elle et ses équipes profitent maintenant du travail des contrebandiers qui savent comment lui fournir ce qui manque au dispensaire. Il faut dire qu'elle ne recevrait pas la même aide sans l'argent amassé avant l'érection du mur. Car tout a un prix sur le marché noir de la Cité.

Pourtant, il y a Jacob. Elle ne lui parle pas de ce contrebandier qui lui a offert ses services et qui ne lui demande presque rien en retour. Chaque fois qu'elle souhaite s'acquitter de ce qu'elle lui doit, il lui dit : « Ce sera pour la prochaine fois, docteure. » Elle n'a pas encore compris les motivations de ce garçon pas encore sorti de l'adolescence, bien que déjà à la tête d'une organisation puissante. Elle ne connaît pas non plus les liens profonds qui le lient à Ian, celui qui se trouve en ce moment devant elle.

Non, elle ne lui parle pas de Jacob. Cependant, elle lui annonce, sur une note confidentielle, qu'elle a trouvé dans son sac une clé informatique appartenant à Pavel, le père de Pola.

— Nous essayons actuellement de la décrypter, mais ça prend du temps. Son contenu est sécurisé. Nous pensons que cette clé pourrait contenir des informations importantes sur le Sénateur et ce qui se passe actuellement dans la Cité. Savais-tu que le père de Pola était journaliste ?

Il acquiesce.

— Pavel était farouchement opposé au Sénateur. Nous pensons qu'il avait pris la fuite et qu'il tentait de nous rejoindre pour partager les résultats de son enquête. Selon nous, c'est pour cette raison qu'il a été pris lors du pillage, la nuit où tu as trouvé Pola.

Ian écoute les déductions de Kristel, finalement assez proches des siennes.

— Je t'en dirai plus quand j'en saurai davantage moi-même. En attendant, repose-toi. Et estime-toi heureux d'avoir une bonne constitution physique. L'une des plus robustes que j'ai jamais vues, à vrai dire. Tu lui dois une fière chandelle. Je dois maintenant partir, mais je vais revenir te voir sous peu. À bientôt, Ian Faller.

Ce dernier mot a l'effet d'un électrochoc sur le jeune patient. Cela fait des années qu'il n'a pas entendu son nom de famille, à plus forte raison dans la bouche d'un autre. Comment le connaît-elle, alors que lui-même l'a presque oublié? Il voudrait lui poser les questions qui se pressent en lui, mais Kristel a déjà quitté la salle.

Les jours suivants voient Ian reprendre rapidement des forces. Il n'a pas eu l'occasion de reparler à Kristel, même s'il sait que ce n'est qu'une affaire de temps.

Lorsque Pola vient lui rendre visite, il lui propose une petite marche en dehors du dispensaire.

— On pourrait peut-être aller visiter la Maison de l'orphelin, suggère-t-il. C'est loin ?

— Non, non. Trois coins de rue. Tu penses que tu peux marcher jusque-là ?

— Bien sûr ! affirme celui qui, en réalité, n'en sait rien.

Ian prend peu à peu confiance tandis qu'il chemine aux côtés de la fillette. La faiblesse l'étreint encore, par vagues, mais marcher lui fait du bien, comme si bouger incitait son corps à reprendre du service.

Une fois parvenu à destination, il découvre un bâtiment en retrait de la rue, encore en bon état. Devant, des enfants jouent et rient, insouciants. Pola s'approche d'une femme corpulente, habillée de noir.

— Ian, voici Irena. C'est mon éducatrice préférée !

— Bienvenue à la Maison, Ian. Pola m'a beaucoup parlé de toi.

Ce disant, elle pose une main sur son épaule. Ian a le réflexe de se dégager, mais la main est ferme et bienveillante, comme le regard qu'elle porte sur lui.

— Tu aimerais visiter ? ajoute-t-elle.

Il n'a pas le temps de répondre que Pola l'entraîne déjà dans le bâtiment. À l'intérieur : le réfectoire, la cuisine, les dortoirs… La fillette lui montre fièrement son lit et celui de ses nouvelles amies, Tina et Iris.

De retour au réfectoire, il découvre sur l'un de ses murs une photographie encadrée, en noir et blanc. Il s'agit du portrait d'un vieil homme chauve portant des lunettes. Il a un sourire indéfinissable, un regard espiègle.

Ian s'est approché de la photographie, suivi par Irena.

— C'est celui qu'on appelle ici le Docteur, simplement. C'est le médecin qui nous a inspiré la création de la Maison. C'était un grand homme, tu sais. Un grand homme qui a connu une fin tragique.

— Quelle fin tragique ?

Irena hésite avant de poursuivre. C'est une histoire qui la trouble toujours autant.

— Il est mort avec les enfants de son orphelinat.

— Comment ils sont morts?

— On les a tués.

— Pourquoi?

— Disons parce qu'ils étaient… différents. Ils ont été enfermés, comme des centaines de milliers d'autres. On les a affamés, puis…

— On les a tués, conclut-il.

— Oui.

— Vous l'avez connu?

— Qui ça?

— Le Docteur?

La surprise d'Irena est palpable.

— Non… C'est arrivé il y a longtemps, bien avant ma naissance.

— Ah bon. Je croyais que ces événements étaient récents.

— Non… Mais je peux te demander pourquoi?

— Ça ressemble à ce qui se passe maintenant. Avec les murs, les hommes du Sénateur. Tout ça. Vous ne trouvez pas?

Cette fois encore, les mots d'Ian ébranlent Irena.

— Je n'en sais rien… finit-elle par répondre. À vrai dire, je n'ose pas y penser. Non, je n'ose pas y penser.

Lorsqu'Ian est de retour au dispensaire, sa décision est prise. L'histoire du Docteur a achevé de le convaincre : il doit quitter la Cité. Il ne va pas attendre que le Sénateur ou l'Homme-Rat se débarrassent de lui pour de bon.

Au dispensaire, il croise Kristel qui s'apprête à sortir.

— J'ai décidé de partir, lui dit-il sans détour.

— Déjà ! Tu te sens assez bien ? lui demande-t-elle.

— Je pensais attendre un jour ou deux, le temps de m'organiser…

— Tu es maître de tes actions, Ian.

— Merci… Mais je voulais vous demander… Mon nom de famille, comment vous l'avez connu ?

— Ce n'est pas un grand mystère, tu sais. J'ai trouvé une carte d'identité dans ton sac.

— Ah bon, lâche-t-il, déçu.

— Par contre, j'en ai profité pour fouiller les fichiers auxquels j'ai accès, même si ce n'est pas une pratique très légale. Malheureusement, je ne pense pas pouvoir t'apprendre ce que tu ne sais pas déjà. Tes parents ont été déportés dans une colonie lorsque tu avais neuf ou dix ans. Resté seul, tu as intégré le monde de la rue.

— Pas seul, non. Vous oubliez ma sœur.

— Quelle sœur ? Les registres disent que tu es enfant unique.

Il détourne le regard.

— Anna était ma sœur.

— Je vois… dit Kristel en comprenant de quoi il retourne.

Ian n'ajoute rien. Il est happé par l'image d'un bébé trouvé dans les sous-sols, six ans auparavant, comme la promesse d'un sens nouveau. La promesse d'une famille recomposée, même incomplète, avec lui-même à la fois comme frère, comme mère et comme père.

— Tu savais que c'est moi qui ai constaté le décès d'Anna ?

Ian secoue la tête, troublé. De nouveau la douleur du vide.

— Je t'ai reconnu, tu sais. Je t'ai vu la déposer au dispensaire avant de t'enfuir. Tu dois savoir que tu ne pouvais pas grand-chose pour elle. Et que même si tu l'avais amenée plus tôt, nous n'aurions peut-être pas réussi à la sauver.

— Mais peut-être que oui.

— Peut-être, oui. Mais ce n'est pas une raison de te rendre responsable de sa mort.

— Vous croyez?

Kristel sait qu'elle a visé juste. Les mots d'Ian, leur précipitation, l'espoir dont ils sont pleins disent sa culpabilité.

— Oui, je le crois.

Pourtant, ce à quoi Kristel croit vraiment, c'est le besoin qu'Ian se décharge enfin de la faute qu'il pense avoir commise.

Elle poursuit:

— Depuis quatre ans, tu es sur la liste noire des indésirables. Si tu te fais prendre, c'est la déportation assurée, ou pire encore. Tu comprends ce que ça veut dire?

Ian acquiesce.

— Mes parents, vous savez s'ils sont encore en vie?

— Impossible de le dire. Mais je sais que s'ils ont été déportés, c'est que le Sénateur n'aimait pas les voir dans la Cité. Les registres parlent d'eux comme d'ennemis politiques. As-tu une idée pourquoi?

— Je sais seulement qu'ils travaillaient pour le gouvernement de la Cité.

— Sûrement qu'ils étaient des opposants au Sénateur, comme tant d'autres. Tu sais, à son arrivée au pouvoir, le Sénateur s'est débarrassé d'à peu près tout ce qui pouvait nuire à sa liberté d'action. Et c'est à cette époque que tes parents ont disparu…

— Vous connaissez le nom de la colonie où ils ont été envoyés?

Kristel hésite avant de lui répondre.

— La colonie des Bordures.

Voyant que ce nom ne suscite aucune réaction, elle ajoute :

— De là, peu en reviennent vivants.

Ces paroles n'ont pas pour effet d'abattre Ian, loin de là.

— Donc c'est à la colonie des Bordures que j'irai. Je dois savoir s'ils sont encore en vie.

— Je comprends. Par contre, je dois te dire que, une fois entré là-bas, tu pourrais ne pas en ressortir.

Ian ne répond rien, avec la conviction, déjà, qu'il doit s'y rendre, coûte que coûte.

— Au fait, Tomas et Janis m'ont parlé d'un tunnel qui permet de sortir de la Cité. C'est vrai, cette histoire ?

— Oui, c'est vrai.

— Tant mieux. Parce que nous en aurons besoin bientôt.

— Pour quoi faire ? ose-t-il demander.

— Je ne peux rien dire, désolée. L'avenir de la Cité en dépend peut-être.

Sans en souffler mot, Ian est frappé par la coïncidence. Car lui aussi compte sur le Tunnel. Non pas pour sauver la Cité, mais plutôt pour la fuir. Les jumeaux l'y aideront, Pola et Parviz le suivront. Tout comme Zoé, même si, pour ce faire, il doit d'abord la retrouver. Et lorsqu'il les aura mis en lieu sûr, il pourra se mettre sur la piste de ses parents.

Dès le lendemain, Ian entame les préparatifs de son départ. Il demande à Pola et Parviz de se tenir prêts à le suivre, dans quelques jours, pas plus. De leur côté, les jumeaux acceptent de les conduire à l'extérieur de la Cité grâce au Tunnel.

— Justement, lui annonce Janis, Kristel a dit que nous devrons y amener quelqu'un, dans une semaine. Vous n'avez qu'à venir avec nous.

— Elle vous a dit qui c'était? demande Ian.

Haussements d'épaules de la part des jumeaux.

— On sait seulement que le Tunnel devrait être libre à ce moment-là. Mais pour en être sûrs, on va y aller avant, avec un petit détour chez Torv. Si ça fonctionne comme prévu, on viendra vous chercher au dispensaire.

— Si je ne suis pas revenu lorsque vous partirez pour le Tunnel, allez-y sans moi. Et vous amenez Pola et Parviz. Même si quelqu'un s'y oppose, même si c'est Kristel, vous les emmenez. Vous quittez la Cité avec eux. Compris?

Il regrette déjà ces derniers mots qui ressemblent à des ordres. Il redoute la réaction des jumeaux, eux qui n'obéissent à rien ni personne. Surpris, les deux enfants se regardent, comme si Ian avait dit quelque chose d'insensé.

— Nous ne pouvons pas partir, voyons! dit Janis sur le ton de l'évidence. La Cité, c'est comme notre mère!

— Alors dites-vous que votre mère ne veut pas votre bien.

— Ça, nous le savons depuis longtemps! ajoute Tomas en riant, avant de s'éloigner avec sa sœur.

Pour les convaincre de partir, Ian voudrait leur dire qu'il faut fuir avant que la Cité, leur mère cruelle, ne trouve le moyen de se débarrasser d'eux pour de bon. Pourtant, les jumeaux sont déjà loin, insouciants, toujours aussi fiers de braver le destin.

Je vais les convaincre. Oui, je vais y arriver lorsque le temps sera venu.

Le lendemain, Ian se sent beaucoup mieux. Il est galvanisé par son projet de fuite et l'espoir de revoir ses parents. Aussi, il réussit à en savoir davantage sur les endroits où l'Homme-Rat et ses lieutenants se terrent. Personne n'a vu Zoé, bien que, depuis sa fugue, le prophète doit la tenir enfermée à double tour.

Et c'est ainsi que le surlendemain, Ian est fin prêt à quitter le dispensaire pour se mettre en quête de Zoé. Ce jour-là, la rue est en ébullition, pleine de rumeurs à propos de l'Homme-Rat. Le matin même, il se serait attaqué à des équipes délivrant des laissez-passer. On y parle aussi d'explosions, de l'autre côté du mur, dont il serait responsable. Mais Ian n'en fait pas grand cas. *Un crime ou deux de plus à mettre sur le compte de l'Homme-Rat, ce n'est pas ce qui va faire la différence. Tant qu'il sera en vie, il va répandre le sang et le feu.*

Le sac au dos, il se dirige vers un des principaux collecteurs du réseau souterrain. L'Homme-Rat y aurait établi ses quartiers généraux, bien à l'abri dans les profondeurs de la Cité. On raconte même qu'il y aurait percé une partie des anciens passages condamnés par les hommes du Sénateur, y compris ceux du métro, redevenant ainsi maître des sous-sols. Mais Ian reste un fin connaisseur de l'envers de la rue. Le territoire où règne l'Homme-Rat est également le sien.

Cependant, avant même qu'il n'atteigne les premières canalisations, des sifflements déchirent l'espace. Presque aussitôt, des explosions retentissent et ébranlent le sol. Ian se précipite sous un porche en se questionnant sur la nature de la menace qui pèse sur lui.

Les explosions se poursuivent de longues minutes avant que le silence ne reprenne ses droits. Mais pas complètement, parce qu'il est vite brisé par des cris, des pleurs. Sorti de sous le porche où il s'abritait, Ian se dirige vers une rue adjacente, où il peut constater les effets du bombardement : des bâtiments en flammes, un ciel noir de fumée, des gens à l'air hagard, encore sous le choc. Un obus a creusé un cratère dans la rue. Près du cratère, trois corps gisent, immobiles. L'un d'eux n'a plus de jambes.

Il pense à la Maison. C'est là qu'il se dépêche de se rendre, aussi rapidement que son état le lui permet. Il est soulagé de découvrir le bâtiment intact. Par contre, un obus est tombé dans la rue devant, arrachant au passage la grille fermant la cour.

Aucun enfant n'est à l'extérieur, ce qui est bon signe, mais du sang sur l'asphalte indique que le drame est passé par là. Entrant dans l'orphelinat, Ian constate l'animation nerveuse qui y règne. Il cherche Pola, Parviz, qu'il finit par trouver à l'infirmerie. Deux corps sont étendus sur des lits de camp, les vêtements tachés de sang, auprès desquels des éducatrices s'activent. Un peu en retrait, Parviz tient Pola dans ses bras. Elle pleure en répétant le nom de son amie Tina. Après le bonheur partagé d'avoir retrouvé ses compagnons sains et saufs, Ian s'approche des lits où reposent les jeunes blessés. Aux côtés d'Irena, il devine la gravité des blessures.

— Ces enfants ont des hémorragies internes. Nous n'avons pas l'équipement ni la formation pour les soigner.

Les éducatrices n'ont pas encore évoqué le dispensaire qu'Ian prend déjà le garçon blessé pour le placer sur le même lit que Tina. Il empoigne ensuite une extrémité du lit en jetant un regard à Parviz. Comprenant ses intentions, le jeune muet s'empare de l'autre bout du lit pour le soulever. Ensemble, ils sortent de l'orphelinat et marchent à pas forcés vers le dispensaire.

Ian peine sous le poids de la charge, avec des étoiles qui dansent devant les yeux, mais refuse de lâcher prise. Derrière, Pola et Irena suivent la civière improvisée où reposent les deux enfants.

Sur le chemin, des constructions dévorées par le feu, des gens blessés, d'autres l'air perdu. Même chose au dispensaire, où ils ne sont pas les seuls à converger. Là-bas, infirmiers et médecins accueillent ceux qui ont besoin de soins. Parmi eux se trouve Kristel qui procède au tri des blessés. Rapidement, les deux enfants disparaissent dans les profondeurs affairées du dispensaire.

Lorsqu'elle aperçoit Ian, Kristel ne peut s'empêcher d'exprimer son soulagement.

— Ian ! Sais-tu où sont Tomas et Janis ? Nous ne les trouvons pas et nous avons besoin d'eux pour le Tunnel. Maintenant !

— Justement, ils y sont partis...

— Mais pourquoi ? s'écrie-t-elle presque.

— Ils veulent s'assurer qu'il sera ouvert au bon moment. Je pensais que le départ était prévu seulement dans quelques jours...

— Les choses ont changé. Sais-tu que l'Homme-Rat s'est attaqué aux équipes délivrant des laissez-passer ?

— Oui, j'en ai entendu parler.

— Il a aussi revendiqué des attentats de l'autre côté du mur. Certains visaient le Sénateur lui-même, sa famille et ses proches collaborateurs. Et maintenant, le Sénateur se venge sur nous tous ! Il nous bombarde en guise de représailles.

— C'est terminé, maintenant…

— Oui, mais l'Homme-Rat ne s'arrêtera pas là. Et les bombes du Sénateur non plus. Puis il y a autre chose…

Kristel l'entraîne non loin de là, où elle peut lui parler plus librement.

— Nous avons réussi à décrypter la clé que tu transportais. Elle contient les confidences d'un proche du Sénateur. Le but inavoué du Sénateur serait de se débarrasser de tout ce qu'il considère comme indésirable dans la Cité. Pour utiliser ses propres termes, il veut retrancher ce qui est pourri, corrompu, et préserver ce qui est encore sain. Et pour lui, la seule solution valable est l'amputation. C'est ce qu'il a tenté de faire en construisant le mur.

— Mais les laissez-passer…

— Il veut s'assurer de garder ou de vendre ce qui en vaut encore la peine.

— Et maintenant, l'Homme-Rat l'empêche d'y arriver…

— Oui, mais pas de la façon que tu crois. Selon la même source, le Sénateur aurait passé un accord avec l'Homme-Rat. On ne sait pas qui a eu l'initiative de cet accord, mais une fois les laissez-passer épuisés, il reviendrait à l'Homme-Rat d'accomplir sa prophétie.

Ian est frappé par l'évidence.

— Tout détruire par le feu.

— Exactement. De cette façon, le Sénateur laisse à d'autres la responsabilité de ce qu'il n'oserait peut-être pas ordonner lui-même. Mais l'Homme-Rat a rompu son pacte avec ses attentats. Il veut entraîner l'ensemble de la Cité ·dans son rêve de destruction. Si nous ne faisons rien, il parviendra peut-être à ses fins. Et même s'il n'y arrive pas, le Sénateur, lui, aura quand même gagné. Parce que cette partie-ci de la Cité, dans tous les cas, n'existera plus. Les bombes s'en seront chargées.

Ian est abasourdi par ces révélations.

— Pourquoi me racontez-vous ça ?

— J'ai besoin de quelqu'un pour conduire un émissaire hors de la Cité. Cet émissaire doit rejoindre la Fédération des Cités et l'informer de ce qui se passe ici. L'Homme-Rat connaît notre intention d'envoyer des délégués à la Fédération des Cités pour demander une intervention immédiate, et ce n'est pas dans ses intérêts. Donc nous devons devancer leur départ avant qu'il ne décide de les éliminer, ou bien qu'il ne condamne les voies de passage permettant de sortir de la Cité. Alors voilà : qui d'autre connaît ce Tunnel et la façon de s'y rendre ? Toi ?

— Non, je n'y suis jamais allé.

La déception de Kristel est palpable.

— Pas moi, mais…

Il jette un rapide coup d'œil à Parviz, laissé un peu en retrait, près de Pola. Non, il ne peut mêler Parviz à cette affaire. Il ne doute pas une seconde des risques que ce projet implique, surtout si cela signifie de contrecarrer les plans de l'Homme-Rat.

— Parviz? Parviz connaît le Tunnel? demande Kristel, perspicace.

— Non, il ne le connaît pas, ment-il.

Parviz s'approche de Kristel, comme s'il savait déjà ce qu'on attendait de lui.

— Tu connais le Tunnel, Parviz? Tu y es déjà allé? lui demande-t-elle, insistante.

Parviz acquiesce, souriant comme à son habitude.

— Et tu pourrais y mener des gens?

Nouvel acquiescement.

— Pourrais-tu partir aujourd'hui même? Ce soir?

Encore un acquiescement.

— Mais… mais il n'est allé qu'une seule fois! proteste Ian. Et le Tunnel n'est pas encore ouvert…

…et je n'ai pas encore retrouvé Zoé.

Parviz se tourne vers lui. Son regard est sans équivoque, confiant: *Je vais le faire. Tu sais que je vais le faire. Pour nous, pour tous les autres.*

Il n'y a aucune place à la discussion, et Ian l'a compris.

— D'accord, d'accord, consent-il, vaincu. Mais j'irai avec toi.

— Moi aussi, alors! s'exclame Pola.

Ian ne répond rien en se rendant à l'évidence: c'est l'occasion ou jamais de faire sortir

180

Parviz et Pola de la Cité, là où rien n'est sûr. Qui sait combien de temps reste-t-il avant que la Cité ne soit réduite à un tas de cendres? Et après les avoir fait sortir, il s'occupera de Zoé. Si tout se passe bien, quelques jours encore, et ce sera fini. *Si tout se passe bien*, se répète-t-il.

Le soir même, on leur présente le délégué qu'ils devront mener à l'extérieur de la Cité. Ian est encore ébranlé par ce changement de cap si soudain. Les choses vont vite, trop vite.

— Eh! Je le connais, ce monsieur! Il venait parfois chez moi quand je vivais avec papa.

— Bonjour, Pola. Je suis content de te revoir. Tu as beaucoup changé depuis notre dernière rencontre.

— Oui, j'ai grandi et j'ai appris beaucoup de choses, affirme-t-elle fièrement.

— Je n'en doute pas une seconde, dit-il avec un sourire qui n'en est pas un.

— Je vous présente Francis Siboli. Il est un de ceux qui doivent contacter la Fédération des Cités. Ils demanderont une action immédiate pour stopper le Sénateur et l'Homme-Rat. Avec les preuves que nous lui apportons, la Fédération ne pourra pas continuer de prétendre qu'elle ne sait pas ce qui se passe ici. Elle devra intervenir. Par la force, s'il le faut. Tu as les documents, Francis? Tu es sûr de vouloir le faire? Sinon, d'autres délégués sont déjà...

— Ne t'en fais pas, tout ira bien, coupe-t-il pour calmer Kristel, visiblement anxieuse.

— Fais attention à toi, lui dit-elle en s'approchant de lui pour l'embrasser.

— Oh! Ils sont amoureux! glousse Pola.

— Et vous aussi, faites bien attention, ajoute Kristel après son geste tendre.

Elle se penche vers Pola.

— Et toi, tu te souviens de ce que je t'ai dit? Tu as le papier que je t'ai donné?

— Oui, l'adresse de la dame qui vit dans une autre cité, celle où je dois aller.

— Elle s'occupera de toi lorsque Francis t'y conduira. Et cela vaut pour vous aussi, Ian et Parviz. Vous avez compris?

Acquiescements.

— Très bien, dit-elle en serrant Pola contre elle.

— Pourquoi vous ne venez pas avec nous? lui demande Ian.

— Je ne peux pas. Tu as vu tous ces gens au dispensaire? C'est pour eux que je suis ici. C'est ma tâche à moi, tu comprends?

Oui, Ian comprend, même si sa tâche n'est pas la même.

— Bon, continue-t-elle, il est temps de partir. Vous devez y aller, maintenant.

Une fois les au revoir épuisés, Kristel regarde la petite troupe s'éloigner et se fondre dans l'obscurité de la rue. Elle rentre ensuite au dispensaire : le travail l'attend.

Sous la conduite de Parviz, Ian et les autres marchent une partie de la nuit. Ils préfèrent la rue aux sous-sols, étroitement contrôlés par l'Homme-Rat. Ils doivent cependant éviter les patrouilles des fidèles du prophète qui sillonnent la Cité, semant la terreur, souvent l'esprit tordu par des substances qui leur font perdre la tête. Les fanatiques de l'Homme-Rat volent, frappent et tuent, comme pour mieux donner un avant-goût de l'apocalypse, celle qu'ils appellent de leurs vœux.

L'avancée est lente, prudente. Ils se déplacent à la faveur d'une nuit sans lune. La Cité est devenue une forêt de bâtiments sans lumière, exception faite de rares fenêtres non condamnées diffusant la lueur d'un feu, d'une bougie. L'impression est troublante, car une cité sans lumière, c'est une cité qui agonise. Une forêt menacée par le feu.

Au lever du soleil, ils atteignent un des points élevés de la Cité. De là, ils aperçoivent, à l'ouest, au-delà du mur, des colonnes de fumée éclairées par la lumière blafarde de l'aube.

Francis dit tout haut ce qu'Ian pense tout bas :

— L'Homme-Rat a encore frappé. C'était à prévoir.

Ils poursuivent leur chemin en pressant le pas, l'esprit plein de sombres présages. Et comme pour leur donner raison, les premiers obus ne tardent pas à tomber.

— Courez ! crie Francis, même si les autres se sont déjà élancés, habitués à fuir la violence des uns et des autres.

Ils tentent d'atteindre le réseau souterrain pour s'y mettre à l'abri. Autour d'eux, des immeubles sont touchés, des murs volent en éclats, s'effondrent, et le feu s'empare du reste.

Enfin, un point d'entrée des sous-sols. La plaque est retirée et la bouche d'égout les avale les uns après les autres.

En bas de l'échelle, leurs pieds ne rencontrent pas la solidité du béton. Plutôt une épaisse couche de dépôts où ils s'enfoncent jusqu'à la taille. Lorsqu'une lampe-torche s'ouvre enfin, ils découvrent tout ce que la canalisation charrie d'immondices. Des corps humains s'y trouvent, dans un état de décomposition avancée. Pola pousse un cri et cache son visage dans le cou de Parviz, qui la tient contre lui. L'odeur baignant les lieux est insoutenable.

Au-dessus, les bombes continuent de tomber, ébranlant le tunnel à chaque déflagration.

— Le tunnel est bloqué, c'est pourquoi il y a cette accumulation… avance Francis entre deux explosions. C'est sûrement le Sénateur qui l'a fait murer.

Pendant une heure, ils restent là, attendant la fin des hostilités, à baigner dans cette bouillie fétide où aucune vie n'est possible, si ce n'est pour les vers et les bactéries. Ce n'est qu'une fois le bombardement terminé qu'ils peuvent enfin s'extirper de là en remontant l'échelle. Mais à l'extérieur, l'air est à peine plus respirable, saturé de fumée et d'odeurs de guerre. Des corps s'y trouvent aussi, parmi les décombres de bâtiments détruits.

Le groupe se dirige vers le nord, avec des détours pour éviter les rues mangées par les flammes ou bloquées par des avalanches de briques, de béton.

Ils parviennent enfin là où Parviz voulait les conduire, complètement au nord de la Cité. Là-bas, ils trouvent une entrée des sous-sols et, en bas de l'échelle, un tunnel moins encombré que le précédent. La petite troupe prend un temps d'arrêt pour se reposer et manger un peu. Pola s'endort sur Parviz, épuisée par une nuit sans sommeil.

Puis ils se remettent en marche, en direction du nord. La canalisation est étrangement déserte, sans la moindre trace d'hommes ou de chiens. Il faut dire que l'endroit est aux limites de la Cité, là où les ressources se font rares, quelles qu'elles soient.

Bientôt, Parviz ralentit le pas. Il fait signe à Ian et Francis de fermer leurs lampes-torches. Ils avancent à tâtons, sans bruit. *L'entrée du Tunnel ne doit pas être loin,* pense Ian. Mais voilà qu'une lueur dansante, devant, les arrête. Des voix leur parviennent, indistinctes de là où ils se trouvent. Ian avance en éclaireur et, vingt mètres plus loin, il s'est suffisamment approché pour voir un brasero entouré de quatre hommes. Il reste là pour surprendre leurs discussions, qui concernent l'Homme-Rat et son apocalypse, annoncée et promise.

Comme Ian le comprend rapidement, il est arrivé trop tard. L'Homme-Rat l'a devancé en postant ses fidèles à l'entrée du Tunnel. Il revient vers les autres, en regrettant déjà l'absence des jumeaux. Avec eux, tout est toujours possible, même dans les situations désespérées. Pourtant, il ne se laisse pas abattre, pas encore. Déjà il imagine une façon de déjouer les gardiens du Tunnel, avec les jumeaux comme inspiration du moment.

Une fois de retour, Ian rend compte de la situation et explique ce qu'il a en tête. Il cherche ensuite ce dont il a besoin pour mener son plan à bien : un tesson de bouteille, un éclat de béton, un boulon. Vient alors le moment d'avancer en silence, l'un derrière l'autre, vers l'entrée du Tunnel. Toujours protégés par l'obscurité de la canalisation, ils finissent par s'arrêter, Ian devant.

Dans un premier temps, celui-ci lance ce qu'il a trouvé sur le sol. Les objets atterrissent dans la canalisation, au-delà de l'entrée du Tunnel, où ils rebondissent bruyamment. Les fidèles de l'Homme-Rat se raidissent et pointent leur arme en direction des bruits entendus.

— Qui va là ! crie l'un d'eux.

Ian projette un boulon qui achève de faire perdre leur sang-froid aux fidèles de l'Homme-Rat. Ils tirent à l'aveuglette, convaincus que quelqu'un se trouve là. Puis c'est la pièce de résistance. Ian lance une bombe de lumière que les jumeaux lui avaient offerte au Château. Désarçonnés, aveuglés, les adeptes de l'Homme-Rat n'y comprennent rien. La lumière leur a permis de voir, pendant un instant, que personne ne se trouvait là où ils pensaient. Incrédules, ils tirent encore, et avancent prudemment en fouillant l'obscurité avec leurs lampes-torches.

C'est le moment. Ian fait exploser une bombe incendiaire, et une autre encore, entre l'entrée du Tunnel et les hommes armés qui s'en sont imprudemment éloignés. Avant même que les fidèles de l'Homme-Rat ne se ressaisissent, Ian et les autres s'élancent vers l'entrée. Ils se glissent sans difficulté dans cette ouverture percée grossièrement dans la paroi, sans essuyer le moindre coup de feu.

À l'intérieur du Tunnel, le béton fait place à une galerie creusée dans la pierre. Des poutres de bois soutiennent un plafond bas et des rails circulent sur un sol en terre. Comme chacun en a l'intuition, ils ont quitté le système d'égouts pour un autre type de réseau, beaucoup plus ancien.

— Une mine de charbon ! Nous sommes dans une mine de charbon, s'étonne Francis.

Si le moment n'était pas à la fuite, Francis pourrait ajouter que la Cité s'est construite sur l'exploitation de ces mines, deux ou trois siècles auparavant. Elles ont été creusées dans les collines au nord de la Cité, depuis longtemps recouvertes par l'étalement urbain. La Cité s'est rapidement enrichie avec ce commerce consumant des générations de travailleurs.

Lorsque les mines ont périclité, la Cité a réussi à diversifier son économie. Une certaine prospérité s'en est suivie, pour ensuite se dégrader au fil des crises économiques et des guerres. Depuis, hommes, femmes et enfants ont repris le travail dans les usines et les manufactures ayant remplacé les mines.

Le groupe s'enfonce dans le Tunnel tandis que, derrière, les fidèles de l'Homme-Rat les poursuivent peut-être déjà. À coup sûr, ils le feront une fois les flammes essoufflées.

Vient une bifurcation, puis une autre. Parviz s'engage à gauche, à droite, sans hésiter. Le groupe continue sa course, tandis qu'Ian peine à garder le rythme : la vue brouillée, les forces défaillantes, son hospitalisation récente n'a de cesse de se rappeler à lui. Il espère que leurs poursuivants ne connaissent pas, comme Parviz, le chemin pour sortir de ce labyrinthe souterrain, et qu'ils pourront y être semés. Son espoir s'évanouit lorsque la voix des fidèles de l'Homme-Rat lui parvient.

— Arrêtez-vous !

— La sortie du Tunnel est gardée, vous n'irez pas plus loin !

Ian jette une nouvelle bombe incendiaire derrière lui, ce qui permet, à lui et aux autres, de gagner de précieuses minutes sur leurs poursuivants.

Et voilà que l'étroite galerie débouche soudainement sur un immense espace souterrain. Il s'agit d'une grotte naturelle, ou plutôt d'une faille qui plonge dans les profondeurs de la Terre. Un pont où courent des rails enjambe l'abîme et permet de retrouver la terre ferme de l'autre côté. Avant de s'y engager, Parviz met les autres en garde à l'aide de gestes. Ils doivent traverser le pont prudemment, un seul à la fois. Le conseil est judicieux, car la structure de bois est précaire, abandonnée depuis longtemps et fragilisée par l'usure du temps.

Les heures passent dans la mine. Ian et Pola restent abattus, l'un contre l'autre. Francis sait qu'ils ne peuvent plus qu'attendre, pris entre le vide de la faille et les armes pointées sur eux à l'extérieur. Un changement de garde leur permettra de tenter une sortie, mais qui sait combien de temps s'écoulera d'ici là? Pourtant, les choses pressent pour la Cité.

Malgré l'inconfort et le froid, ils dorment longtemps la nuit venue, ainsi qu'une partie du jour suivant. Le lendemain, Francis propose de faire leurs adieux à Parviz. Un monticule de pierres est créé en sa mémoire. Pola y dépose une figurine que Parviz lui avait taillée dans le bois. Ian n'a rien à y déposer sinon des souvenirs. Et des regrets.

— Je n'aurais pas dû t'entraîner là-dedans, confie Ian, debout devant les pierres.

— C'est lui qui a accepté de le faire, lui dit Francis. C'était son choix. Il était conscient des risques…

— Mais c'était Parviz! Il n'avait même pas les mots pour le dire… Je ne l'ai pas empêché de…

— N'aurais-tu pas fait la même chose que lui ?

— Justement ! hurle Ian. Ce n'est pas moi qui l'ai fait ! Ce n'est pas moi qui suis tombé dans la faille ! C'est Parviz ! C'est lui qui nous a sauvés, pas moi ! Je n'ai rien fait ! Je n'ai rien fait ! Rien fait !

Ian se prend la tête, croit devenir fou, mesurant encore une fois son impuissance.

— Tu te trompes. Tu es ici, avec Pola. Avec moi. Et tu n'as pas terminé ce que tu as commencé. Tout reste à faire.

Pendant un instant, il se dit que ce qui lui reste, c'est la possibilité, si mince soit-elle, de sauver ce qu'il reste à sauver. Pola, Zoé, d'autres aussi peut-être, pour regagner sa place parmi les vivants.

Ces réflexions lui font retrouver un semblant de calme, assez pour terminer ses adieux.

— Au revoir, Parviz. Tu seras toujours là pour moi, aux côtés d'Anna. Je vous ferai honneur, sois-en sûr. Je ne vous décevrai pas. C'est une promesse, même si je n'aime pas les promesses. Toi, tu as tout fait pour moi, pour Pola. Pour les autres. C'est ce que tu m'as appris. Et j'ai compris que c'est tout ce qu'il me reste. Je n'ai rien d'autre, maintenant. Il ne me reste que ce que tu m'as donné. Merci, Parviz.

Il s'éloigne pour être seul un moment. C'est au tour de Pola de s'approcher du monticule.

Elle reste là, sans mots, peut-être en usant du langage secret de Parviz. Elle sourit, pense à son ami, son grand frère, son Parviz, se remémore quelques souvenirs. Elle se penche ensuite vers les pierres pour les toucher, pour être contre elles, les enlacer. Elle sourit une nouvelle fois, en murmurant :

— Oh ! Parviz.

Pressant les pierres contre elle, c'est son ami qu'elle étreint une dernière fois.

Au dispensaire, Kristel s'apprête à pratiquer une opération. La vingtième, la cinquantième depuis quarante-huit heures, elle ne sait plus, ne compte plus. Les blessés s'accumulent, estropiés par des bombes, brûlés par les flammes. Depuis plusieurs jours déjà, l'Homme-Rat et le Sénateur se donnent la réplique à coups d'attentats et de bombes. Elle ne sait pas comment l'Homme-Rat parvient à enchaîner les attentats si rapidement. Il doit avoir rouvert de nouveaux passages souterrains, peut-être en a-t-il fait creuser d'autres. Peut-être même a-t-il des complices de l'autre côté du mur. *Des fanatiques du feu, riches ou pauvres, libres ou non, c'est la même chose. Et ça, le Sénateur ne l'a pas compris assez tôt.*

Et puis voilà qu'un infirmier survient dans la salle d'opération.

— L'Homme-Rat vient vers le dispensaire ! Il a toute sa garde avec lui. Ça ne me dit rien de bon.

— J'arrive.

Kristel se dirige vers l'extérieur en chargeant un autre médecin de l'intervention. Elle croise dans les couloirs des blessés qui attendent des soins ou qui se remettent lentement. Certains l'appellent par son nom, suppliants, le bras levé. Elle continue son chemin sans pouvoir s'arrêter.

La lumière du jour la reçoit alors que l'Homme-Rat arrive devant le dispensaire. Il est vêtu de sa coule en peaux de rats, le capuchon rabattu sur la tête. Kristel est frappée par le nombre d'hommes armés qui l'entourent. Des semblants de soldats dépenaillés, sales et bruyants.

L'Homme-Rat s'arrête en face d'elle, entouré de ses fidèles du feu. Vêtue de son sarrau souillé, elle est seule devant cette troupe grouillante de menaces.

C'est l'Homme-Rat qui parle en premier, sur un ton faussement cordial.

— Chère docteure, je suis dans l'obligation de mettre fin aux activités de ce dispensaire.

Catastrophée, Kristel tente de garder son calme.

— Pourrais-je savoir pour quelle raison ?

— Vous nuisez à la marche victorieuse du Feu. Nous sommes venus remédier à ce problème.

— Et comment ? demande-t-elle, même si elle connaît la réponse.

— Par le Feu, évidemment !

Derrière lui fusent des cris et des vociférations enthousiastes. Ils attendent ce moment, impatients de passer à l'action.

— Je ne partirai pas.

La fermeté de sa voix, la calme détermination de ses mots font taire les fidèles de l'Homme-Rat.

— Je ne vous oblige en rien à partir ou à rester. Le Feu fera son travail quand même.

Kristel pense à tous ces patients qui se trouvent au dispensaire. Elle doit trouver une façon de gagner du temps. Mais comment ?

C'est à ce moment qu'une voix s'élève. Elle vient du toit du dispensaire.

— Les seuls qui vont partir d'ici, c'est toi et tes lèche-bottes, Homme-Rat !

La voix est forte, déterminée.

Tous lèvent la tête et tentent d'identifier celui dont le visage est à contre-jour.

— C'est toi, Jacob ? demande l'Homme-Rat, même s'il sait parfaitement qui lui parle ainsi, perché sur le dispensaire.

— Oui, c'est moi. Tu as une minute pour t'en aller. Sinon, c'est toi qui flambes.

Pour l'Homme-Rat et ses fidèles, un seul regard suffit. Autour d'eux, sur les toits et derrière les fenêtres, sont postés les contrebandiers de Jacob, des bombes incendiaires entre les mains, d'autres armes aussi. L'Homme-Rat est cerné.

Celui-ci garde son sang-froid malgré la colère de s'être laissé piéger si facilement.

— Que se passe-t-il, Jacob ? Nous avions convenu d'une entente. Nous étions tous gagnants…

— Plus maintenant ! Tu en as assez fait. Non, tu en as trop fait. Je ne vais pas te laisser accomplir ta prophétie. À compter de maintenant, tu as vingt-quatre heures pour quitter la Cité. Si tu ne le fais pas, je vais devoir te la faire quitter moi-même.

— Tu sais très bien que je ne partirai pas, alors pourquoi tu n'en finis pas maintenant ?

— Nous sommes trop près du dispensaire. Je ne voudrais pas qu'il arrive malheur à ceux qui s'y trouvent.

La voix de l'Homme-Rat achève de perdre sa cordialité, même fausse.

— J'espère que tu sais ce qui t'attend, Jacob. À partir de maintenant, mes fidèles vont te traquer sans relâche. Ensuite, quand ils t'auront trouvé, tu vas brûler, Jacob. Tu vas brûler ! Et attends-toi à ce que le feu vienne de mes propres mains !

L'Homme-Rat se retourne brusquement et traverse sa troupe qui s'ouvre pour le laisser passer, avant de se refermer et de s'éloigner à son tour.

Une nouvelle journée passe à l'intérieur de la mine. Ses occupants y sont prisonniers du vide, d'un côté, et des gardes armés, de l'autre. Francis s'impatiente en pensant au temps qui s'écoule, précieux, insensible au drame qui se joue dans la Cité. Pour lui donner raison, le bruit d'explosions lui est parvenu à plusieurs reprises depuis la veille. Là-bas, des gens perdent la vie.

Francis a tenté une nouvelle sortie, mais des coups de feu l'en ont dissuadé. Par chance, les gardes ne semblent pas vouloir s'aventurer dans la mine. Sans doute préfèrent-ils rester confortablement dans leur mirador plutôt que d'entrer dans cette mine pleine de pièges et de gens désespérés.

Francis craint que l'Homme-Rat n'envoie d'autres de ses fanatiques à leurs trousses, même s'ils ne pourraient pas les atteindre maintenant que le pont est tombé. Même chose pour les citoyens qui tenteraient d'emprunter le Tunnel. Ian y a pensé lui aussi, ne sachant comment il retournera dans la Cité pour chercher Zoé. Et s'acquitter de sa dette envers Parviz.

Pourtant, le Tunnel a des secrets bien gardés. Et parmi ceux qui ont réussi à les percer, il y a les jumeaux. Les mêmes jumeaux qui, le surlendemain, réveillent Ian de bon matin. Croyant à une agression, il émerge du sommeil en empoignant solidement celui qui le secoue fermement. Il le projette au sol pour l'immobiliser, prêt à en découdre.

— Pas de panique, on se calme ! Ce n'est que nous ! dit Tomas en s'efforçant de rire sous l'emprise douloureuse d'Ian.

Réveillée, Pola se jette sur Janis, folle de joie.

Ian lâche Tomas, stupéfait.

— Mais comment… commence Ian.

— Comment on a fait pour passer sans ce vieux pont pourri ? Parviz ne vous a pas parlé du boyau ?

Le silence d'Ian et de Pola, leur regard qui se dérobe suffisent à faire comprendre qu'un malheur est survenu.

— Il nous a sauvés, dit Francis. Il a fait tomber le pont pour empêcher le passage des fidèles de l'Homme-Rat. Mais il est tombé lui aussi…

Les jumeaux sont consternés, même s'ils tentent de n'en rien laisser paraître.

— C'était quelqu'un de bien, dit simplement Janis.

— Oui, c'est vrai. Quelqu'un de bien, ajoute son frère.

— Pourquoi il ne nous a rien dit pour ce boyau ? demande Ian. On aurait pu l'utiliser pour échapper aux fidèles de l'Homme-Rat et retourner dans la Cité !

Francis, lui, a déjà compris pourquoi :

— Dans ce cas, nous aurions perdu notre seule chance de quitter la Cité et d'avertir la Fédération. Et Parviz le savait.

— Mais nous ne pouvons pas sortir de cette mine ! s'emporte Ian. Alors vous pouvez me dire à quoi sa mort a servi ?

— Vous ne pouvez pas sortir ? questionne Tomas en feignant l'étonnement.

— Non, les gardes surveillent l'entrée de près, répond Francis.

— Ah oui ? Vous en êtes sûrs ? Attendez un peu, je vais aller voir, dit-il en se dirigeant vers le portail.

Un « non ! » collectif répond à son geste, mais le garçon s'est déjà glissé à l'extérieur.

— Où ça, des gardes ? demande Tomas. Je n'en vois nulle part !

Il reste là, à découvert, tournant sur lui-même. Il revient ensuite dans la grotte en arborant un sourire triomphant. Son sourire s'affaisse lorsque la mort de Parviz lui revient à l'esprit.

— Vous êtes arrivés trois jours trop tôt. Le passage n'est ouvert que depuis ce matin.

— Donc rien de tout ça ne serait arrivé si nous avions attendu quelques jours…

— Si vous aviez attendu, vous ne seriez pas là pour en parler. L'Homme-Rat vous cherche depuis votre départ pour le Tunnel. La plupart des délégués n'ont pas réussi à quitter la Cité. Ils ont été brûlés vifs. Peut-être qu'au moment où on se parle, il n'y a plus que Francis.

Les regards se tournent vers l'homme qui s'est assombri. Il pense aux amis qu'il a perdus. Il pense à l'importance de la tâche qui lui incombe.

— Et Kristel? demande-t-il. Il ne lui est rien arrivé, j'espère…

— Non, grâce à Jacob!

Janis a lâché ces mots précipitamment, les yeux brillants. Ian reçoit l'information comme un coup de poing. S'agirait-il du Jacob qu'il connaît? Mais à bien y penser, de qui d'autre pourrait-il s'agir? De son côté, Tomas se renfrogne.

— Jacob par-ci, Jacob par-là! On dirait que j'entends parler que de lui!

— C'est un héros! s'enthousiasme Janis. Il a pris les armes contre l'Homme-Rat. Il veut l'empêcher de brûler la Cité. Et il est si beau!

— T'as fini de bêler, oui? s'emporte Tomas, contrarié. C'est le moment d'y aller, maintenant. Les nouveaux gardes sont arrivés. Torv s'est assuré qu'ils ne verront rien et n'entendront rien. Il y a un train de marchandises qui attend

Francis et Pola, tout est arrangé. C'est moi qui vais vous y emmener. Toi, Ian, tu repars pour la Cité avec Janis. Moins nombreux nous sommes, plus nous avons de chances de passer inaperçus. C'est d'accord?

Ian acquiesce. Tomas a raison, c'est l'évidence, et il le sait. Pola se jette sur lui pour l'enlacer. Le temps des adieux est venu, encore une fois.

La fillette met du temps à relâcher son étreinte.

— Tu vas me rejoindre? demande-t-elle.

— Oui, dès que je le pourrai.

— C'est promis?

Cette fois, Ian n'hésite pas.

— C'est promis, répond-il en envoyant promener sa peur des promesses.

Ensuite, Francis lui serre la main, longuement.

— Ce fut un plaisir, Ian. Je me souviendrai de ce que vous avez fait, Parviz et toi. Je ferai en sorte que d'autres le sachent aussi…

— Bon, c'est fini, les adieux? s'impatiente Tomas. Pas de temps à perdre. On se rejoint au dispensaire, d'accord?

Ian et Janis acquiescent, tandis que les autres sortent de la mine. Ian les observe traverser le terrain qui les sépare de la clôture et du mirador, là où des gardes s'efforcent de regarder ailleurs. Plusieurs fois, Pola se retourne pour leur envoyer la main. Lorsqu'ils parviennent au pied de la clôture, des tôles recouvertes de branchage sont retirées. Et voilà les trois fuyards qui se glissent dans un trou creusé dans le sol, pour ensuite reprendre leur marche de l'autre côté. Et enfin disparaître à l'angle d'un entrepôt.

Bonne chance, leur lance Ian en silence, comme s'il usait de la langue secrète de Parviz.

Restés seuls dans la mine, c'est au tour d'Ian et de Janis de la quitter. Après une dernière pensée pour Parviz, Ian se glisse dans l'étroit boyau qui contourne la faille et dont l'entrée est dissimulée derrière une grille.

Il rampe dans l'obscurité complète, à la suite de Janis qui va devant. Il se cogne constamment sur la pierre, dans ce minuscule conduit creusé pour la ventilation de la mine plutôt que pour le déplacement des êtres humains.

Ce n'est qu'après de longues minutes à transiter dans les entrailles de la Terre qu'Ian et Janis retrouvent enfin les anciennes galeries de la mine. N'y faisant pas de mauvaises rencontres, ils atteignent sans difficulté le réseau d'égouts de la Cité. Le point de passage n'est pas gardé par les fidèles de l'Homme-Rat, qui ignore peut-être encore les événements survenus dans la mine : la mort de ses fidèles et, surtout, la fuite réussie de Francis.

Plusieurs heures leur sont nécessaires pour revenir au dispensaire, d'abord en empruntant les canalisations souterraines, où des bombes tombées en surface, non loin de là, leur font parfois perdre pied. En différents endroits, des conduites percées et des fissures dans les parois déversent des trombes d'eau dans les tunnels, ce qui les oblige à y patauger longuement.

Puis ils doivent finalement se résoudre à sortir des sous-sols, là où les réseaux souterrains deviennent trop bien gardés par les fidèles de l'Homme-Rat.

Dehors, ils découvrent une Cité dévorée par les incendies, grêlée de trous béants qui flambent et qui fument. Des corps gisent çà et là, abandonnés.

Les vivants se font rares dans les rues. Ceux qui s'y aventurent passent rapidement en rasant les murs, le dos courbé, comme s'ils se cachaient des nouvelles averses de bombes, ou bien des fidèles de l'Homme-Rat qui hantent la Cité. La fin étant pour bientôt, ils se démènent pour la fêter à leur façon, enivrés pour tuer leur propre peur des bombes et du feu.

Heureusement, ils ne sont pas difficiles à éviter tant ils s'abîment dans leurs réjouissances morbides. Ils se font entendre de loin, avec leurs chants de fin du monde, leurs coups de feu tirés au hasard. Ian et Janis doivent alors changer de rue ou attendre que le danger soit passé à l'abri derrière un mur éboulé ou à l'intérieur d'un bâtiment en ruine.

Les choses se passent différemment lorsque des cris déchirants s'élèvent dans la rue. Ils proviennent d'un immeuble devant lequel

Ian et Janis s'apprêtent à passer. Se mettant à l'abri des regards, ils devinent bientôt des mouvements de lutte derrière une vitrine fracassée. Ian se demande s'ils ne risquent pas, en poursuivant leur chemin, d'attirer l'attention de ceux qui, derrière la vitrine, attendent peut-être de s'en prendre à des passants imprudents.

Alors qu'Ian se questionne sur la meilleure chose à faire, Janis sort de derrière l'encoignure où ils se cachent. Il s'avance pour la suivre, mais l'enfant lui fait signe de rester là, en silence. Ne sachant s'il doit ou non se plier à sa volonté, il la voit se rendre jusqu'à l'immeuble d'où sortent toujours des hurlements à fendre l'âme. Elle s'adosse à la façade avant d'oser un œil par la vitrine. Une fois la situation bien évaluée, Janis se penche lentement pour prendre une brique qui traîne à ses pieds. Puis elle entre sans bruit dans l'immeuble, par une porte qui pend à un seul de ses gonds.

Peu de temps après : un son sourd, suivi de plusieurs autres. Ian s'est déjà élancé pour lui prêter main-forte, mais voilà qu'une jeune fille sort de l'immeuble et prend la fuite, à moitié nue. Janis en sort à son tour.

Elle s'arrête devant Ian, en laissant tomber négligemment la brique.

— Je ne pouvais pas le laisser faire, lui dit-elle, tout aussi négligemment. Moi aussi, ça m'est déjà arrivé.

Janis se retourne pour continuer son chemin. Avant de s'éloigner de l'immeuble, Ian ne peut s'empêcher de poser son regard sur le corps de l'homme qui git sur le sol, lui aussi à moitié dévêtu, le crâne fracassé. *La Cité se venge comme elle peut. Même par le bras de ses propres victimes.*

Ils arrivent au dispensaire à la tombée de la nuit. Comme Ian le craignait, l'établissement a été touché par des bombes : une partie du dernier étage achève de se consumer. L'endroit n'en grouille pas moins d'activité. Des gens en sortent avec des machines médicales, des lits, d'autres choses encore utiles au soin des malades. Les porteurs sont des médecins, des infirmières, des citoyens ordinaires, même des patients.

Janis s'approche d'un homme en sarrau pour s'informer de la situation.

— Nous déménageons dans les sous-sols. La surface est trop dangereuse. Jacob a trouvé un endroit pour établir le dispensaire.

— Jacob.

Janis a répété le nom pour le seul plaisir de le prononcer. L'admiration perce dans sa voix.

— Et Kristel ? demande Ian.

— Elle est déjà là-bas. Elle organise l'installation. Vous pouvez me suivre, si vous voulez.

C'est ce qu'ils font. Ils accompagnent l'homme jusqu'à ce qu'ils parviennent à une bouche de métro récemment déblayée. Sur le chemin, les contrebandiers de Jacob sont postés pour protéger le défilé de déménageurs. En bas, des cages abandonnées par les Rabatteurs permettent de convoyer les blessés et les objets déménagés. Plus loin sur la voie, de grandes portes donnent accès à d'anciens entrepôts. C'est là que le dispensaire a été établi. L'endroit commence à prendre forme, avec des dortoirs et des salles d'opération séparés par des cloisons mobiles, parfois par de simples draps cousus ensemble.

Ian trouve Kristel parmi ceux et celles qui s'efforcent de rendre l'endroit habitable. Il est frappé par la pâleur de la médecin, sa maigreur. Pourtant, à peine quelques jours se sont écoulés depuis qu'il l'a quittée.

— Ian! Dis-moi vite! Est-ce que Francis a réussi?

— Oui, il est passé. Pola aussi. Mais je ne sais pas s'il s'est rendu à destination.

À dessein, il décide de ne rien lui dire à propos de Parviz. Ce n'est pas le moment.

— Espérons-le. Aimes-tu notre nouvel hôpital de campagne? demande-t-elle, même si elle n'a pas le cœur à badiner.

— Jacob a bien travaillé, dit-il en guise de réponse.

— Merci.

Ian se retourne. Jacob se tient derrière lui, souriant.

— Pourquoi tu fais ça ?

La question le travaille depuis des jours, alors elle est sortie d'un trait, presque comme un reproche.

— Quoi ?

— Pourquoi tu aides Kristel ? Le dispensaire ? Ça ne te ressemble pas.

— Pour différentes raisons que je n'ai pas le temps de t'expliquer. Je dois m'en aller. Je ne devrais pas être ici.

— Pourquoi ?

— Parce que l'Homme-Rat me cherche. Depuis plusieurs jours, je l'attaque de partout. Je tends des embuscades à ses fidèles. Je lui fais payer ce qu'il fait subir aux habitants de la Cité. Bref, il a de bonnes raisons de vouloir ma peau. Et s'il me trouve ici, c'est le dispensaire qui va en payer le prix. Mais ne t'inquiète pas, l'endroit n'est pas sans surveillance. J'y laisse assez de contrebandiers pour tenir en respect les fidèles de l'Homme-Rat. De toute façon, à l'heure qu'il est, beaucoup ne sont plus en état de se battre tellement ils ont l'esprit enlisé.

— Et maintenant, tu vas où ?

— Arrêter l'Homme-Rat. C'est ce qu'il me reste à faire de mieux. Et toi ?

— Trouver Zoé.

— Tu viens avec moi ? La meilleure façon de trouver Zoé, c'est encore de trouver l'Homme-Rat.

— …

— Allez, Ian! Comme avant. Mais je t'avertis, je ne te garantis pas que tu en sortiras vivant.

Jacob accompagne ses derniers mots d'un large sourire.

— Je ne sais pas…

— Moi, je te suivrai!

Cette voix qui tonne et qui résonne, en provenance du tunnel, c'est celle de Torv.

— Le grand jour est arrivé, continue-t-il en émergeant de l'obscurité. Maintenant, c'est au tour des tyrans de tomber.

Jacob est visiblement impressionné par ce géant qui propose de lui prêter main-forte.

— Jacob, voici Torv. C'est un ami, tu peux lui faire confiance.

— Bienvenue, Torv le géant! Les amis de mes amis sont mes amis! Mais Ian, tu ne vas quand même pas laisser les autres s'amuser sans toi. Tu risques de manquer la fête!

À ce moment, un contrebandier surgit devant son chef.

— L'Homme-Rat approche!

Jacob perd son ton enjoué.

— D'accord, on y va! On doit l'éloigner d'ici au plus vite.

Jacob se retourne vers Ian.

— C'est ta dernière chance. Zoé t'attend!

Il s'élance hors du dispensaire, suivi d'une vingtaine de contrebandiers. Torv s'attarde auprès d'Ian.

— Je sais que tu es prêt. Comme moi je le suis. Pense à tout ce qui est encore possible.

Et Torv court retrouver Jacob.

Après un moment d'hésitation, pestant contre le choix qu'il doit faire, Ian se rend finalement aux arguments de ceux qu'il s'empresse de rejoindre.

Sur la voie, Jacob interpelle l'Homme-Rat, encore à une centaine de mètres derrière. Ses mots résonnent dans le tunnel.

— Homme-Rat! C'est moi, Jacob! Viens ici que je te fasse manger ta cagoule! Je t'attends!

Des coups de feu, au loin, répondent à son invitation. Voyant Ian arriver auprès de lui, Jacob lui met une main sur l'épaule.

— C'est le temps de s'amuser, maintenant.

Et ils s'élancent dans le tunnel, la mort aux trousses. D'autres coups de feu retentissent bientôt. Une balle atteint un contrebandier qui s'écroule, mort sur le coup.

— Félix! s'écrie Jacob. Il va me payer ça, le chien!

La voix de l'Homme-Rat tonne dans le tunnel.

— J'arrive, Jacob! Tu m'entends? J'arrive!

— Je t'attends. Oh oui, je t'attends, dit Jacob entre ses dents, pour lui-même.

Jacob et ceux qui le suivent bifurquent dans une ouverture pratiquée dans une paroi du métro. Il était temps : des fidèles de l'Homme-Rat arrivaient de l'autre côté pour les prendre en étau.

Ils progressent dans un étroit tunnel en terre, creusé récemment, jusqu'à ce qu'ils débouchent dans une canalisation d'évacuation pluviale, maintenant à sec.

— Tenez-vous prêts ! lance Jacob à ses contrebandiers.

Et puis, à Ian :

— J'ai réservé une petite surprise à l'Homme-Rat.

Cette fois, pas de sourire. Qu'une détermination farouche à faire tomber son ennemi, enfin.

Deux contrebandiers s'arrêtent et s'affairent sur les bords de la canalisation. Ils reprennent leur course et, peu après, une détonation ébranle le tunnel. La lumière d'un feu furieux en prend possession, des cris y résonnent. Derrière, des fidèles brûlent comme des torches. Pas l'Homme-Rat, qui s'en sort indemne.

— Je suis le fils du Feu ! Et le Feu est mon allié ! Pauvres incrédules ! Vous brûlerez ! Oui, vous brûlerez !

Jacob jure entre ses dents.

— Attends, Homme-Rat, tu n'as pas tout vu…

Mais Jacob non plus n'a pas tout vu. À l'intersection de deux canalisations, d'autres fidèles de l'Homme-Rat tombent sur son arrière-garde. Un corps à corps s'engage. Des coups sont échangés, des lames sifflent dans l'obscurité des sous-sols.

Les contrebandiers de Jacob poursuivent leur course, moins nombreux, Torv et Ian parmi eux. L'épuisement commence à les gagner, alors que la confiance les abandonne peu à peu. Les fidèles de l'Homme-Rat se rapprochent. Pourtant, Jacob ne s'avoue pas encore vaincu.

— C'est maintenant ou jamais ! lance-t-il.

Les contrebandiers semblent comprendre ce que ces mots signifient. Ceux-ci ont même pour effet de leur procurer un sursaut de force qui leur permet de distancer quelque peu leurs poursuivants. Ian les suit tant bien que mal, avec l'impression que son corps peut l'abandonner à tout moment.

Ils parviennent finalement à un endroit qu'Ian connaît bien. Il s'agit de la chambre de jonction de l'ancien collecteur pluvial où il a rêvé d'Anna, peu après sa mort. Ce rêve dans lequel elle lui parlait du destin qui l'attendait. Le destin extraordinaire qui serait censé être le sien.

Ian s'inquiète en se rappelant que la seule façon de s'en échapper est d'atteindre, à l'aide d'échelles, le collecteur principal, plusieurs dizaines de mètres plus bas. Une longue descente, idéale pour faire d'eux les cibles de choix des fidèles de l'Homme-Rat. Ce qu'il ne sait pas, c'est que Jacob ne compte pas emprunter ces échelles. Pour lui, tout devra se jouer avant.

Dès qu'ils pénètrent dans la grande salle voûtée, des contrebandiers se disposent de chaque côté de son entrée. Pour leur part, Jacob, Ian et les autres s'arrêtent là où le sol de la chambre prend fin. Au-delà : le vide où se déversaient autrefois les eaux de pluie vers le collecteur principal. Ils se retournent pour voir l'Homme-Rat et ses fidèles arriver à l'entrée de la chambre. La confrontation est inévitable.

Le premier, l'Homme-Rat pénètre dans la chambre. Il est encadré par deux de ses plus dévoués fidèles. Déjà, ceux-ci sortent de leur sac des contenants d'essence. Jacob doit brûler, telle est la mort qui lui a été promise.

— Pris au piège ! s'exclame l'Homme-Rat. Mon garçon, c'est le temps de payer…

Aussitôt ces mots prononcés, les contrebandiers dissimulés à l'entrée de la chambre tentent de faire basculer une lourde porte pour en fermer l'accès. Cependant, le mécanisme se coince et la porte refuse de s'abaisser. Comprenant dans quel piège il est tombé, l'Homme-Rat tente de battre en retraite. Mais avant même qu'il n'ait pu s'exécuter, Torv se jette sur lui et le projette au sol. Sans même arrêter sa course, il percute les fidèles qui sont en train de pénétrer dans la chambre. De toute sa masse, il les envoie valser derrière. Voyant là l'occasion de retourner la situation en leur faveur, d'autres contrebandiers vont lui prêter main-forte.

Relayé par les contrebandiers, Torv revient en arrière pour s'occuper de la porte. Au prix d'un effort dont lui seul est capable, il réussit à la faire basculer au milieu de grincements et de plaintes métalliques. Les fidèles de l'Homme-Rat tentent de la rouvrir pour rejoindre leur chef, mais ils n'arrivent pas à soulever, encore moins à défoncer la lourde porte de métal, conçue pour retenir des centaines de tonnes d'eau. Voulant s'assurer qu'elle ne bougera pas, Torv continue de la tenir fermée en s'y appuyant de tout son poids.

Pendant ce temps, les fidèles qui avaient franchi la porte avec l'Homme-Rat sont neutralisés par les contrebandiers. Le prophète, lui, recule déjà devant Jacob qui avance en sa direction.

— Qui est pris au piège, Homme-Rat? Tu peux me le dire?

Ian et les contrebandiers restent en retrait, silencieux. Ce moment est celui qu'ils attendaient depuis longtemps.

— C'est toi qui dois payer, Homme-Rat, pas moi. C'est toi qui veux incendier la Cité, pas moi.

— C'est le destin du Feu! Rien ne peut arrêter ce qui est déjà commencé! Il est trop tard, Son règne a déjà débuté!

L'Homme-Rat a repris sa voix de prédicateur. Elle enfle et résonne, saisissante, mais plus personne n'est dupe. Le prophète du Feu lui-même semble perdre de sa conviction. Et s'étant dangereusement approché de la fosse, il doit bientôt s'arrêter malgré l'avancée de Jacob.

— Je ne connais pas le destin de la Cité, commence Jacob, mais j'ai une bonne idée de ce que sera le tien…

Il ne termine pas sa phrase. En face de lui, l'Homme-Rat tient à la main un pistolet fumant, sorti de sous sa coule. Jacob tombe sur les genoux, les mains posées sur son abdomen, le visage crispé.

— Ne parle pas de destin, Jacob! Moi seul en décide! Moi seul est le maître du Feu! Dans le Feu tu brûleras, ainsi que vous tous lorsque la Cité disparaîtra!

L'Homme-Rat s'adresse aux contrebandiers qui maintenant avancent vers lui, déterminés à lui faire payer ce nouveau crime. Deux d'entre eux se penchent sur Jacob, replié sur lui-même. Il leur fait signe que tout va bien, même si ce n'est pas le cas.

L'Homme-Rat sait que son arme ne contient pas suffisamment de balles pour venir à bout de ceux qui lui font face. Son discours est fort, mais sa voix, nerveuse.

Ian s'avance aussi. Il n'a pas peur de l'arme de l'Homme-Rat, ni de ses paroles. Plus jamais il n'en aura peur. En lui, la colère se conjugue au désir de vengeance. Il hait cet homme responsable de la mort de Parviz et de tant d'autres. Celle de tous ces innocents, comme Anna l'était, comme l'étaient les orphelins du bon Docteur, celui dont il a vu la photo à l'orphelinat. Tous ces innocents qui ne pourront jamais dire ses crimes à l'Homme-Rat et à ceux qui lui ressemblent.

Ian continue d'avancer, les autres à sa suite. Acculé au vide, le prophète pointe son arme sur ceux qui lui font face.

— Je vous ordonne de vous arrêter ! Le Feu vous l'ordonne !

Pourtant, on ne l'écoute plus, comme jamais plus on ne l'écoutera. Mais alors que, désespéré, il s'apprête à faire feu sur Ian, l'Homme-Rat croit voir quelque chose briller dans ses yeux.

Ce qu'il y voit, ce n'est pas la détermination farouche qui guide les pas d'Ian. Ce n'est pas davantage sa colère, son absence de peur. Ce que l'Homme-Rat y voit surtout, c'est l'éclat d'une flamme qui brûle dans un visage de glace. Ce qu'il y voit, c'est le Feu lui-même venant à sa rencontre. Ce Feu tout-puissant qui, dans cette apparition si soudaine, a pour effet de le pétrifier.

— Toi ! Le Feu...

Subjugué, et incapable de prononcer un mot de plus, l'Homme-Rat pose un pied en arrière.

Ce feu qu'il vénère comme un dieu, c'est le reflet de ses propres peurs. Peut-être ne peut-il pas concevoir la mort autrement que sous l'égide des flammes. Peut-être même que le terme de son histoire, étalée sur le visage de son vis-à-vis, ne peut que s'écrire en lettres de feu. Peut-être est-ce un signe que lui envoie son Maître. Le dernier.

Obnubilé par ces yeux qui flambent, entre effroi et fascination, l'Homme-Rat recule encore d'un pas, puis d'un autre. Un pas de trop : le voilà qui bascule dans le vide, sans un son. De longues secondes encore et il s'écrase dans la chambre du collecteur principal.

La chute lui a brisé les jambes. Encore conscient, il tente de se mouvoir, mais c'est impossible, la douleur lui arrache un cri. Presque aussitôt, des mouvements, des grognements dans les ténèbres. L'Homme-Rat tâtonne sur le sol dans l'obscurité, à la recherche de son pistolet, sans le trouver. L'instant d'après, les chiens sont sur lui.

Penchés au-dessus de l'abîme, Ian et les autres ne voient pas le festin des bêtes, mais l'entendent. Grognements de satisfaction, claquements de gueules, aboiements d'intimidation pour gagner les meilleurs morceaux.

Tandis que l'Homme-Rat fait le régal des chiens, Ian se penche sur Jacob, couché sur le sol, les mains pressées sur son ventre. Une flaque de sang s'est formée sous lui.

— L'Homme-Rat a eu peur de toi, lui dit Jacob à la blague, malgré la douleur.

— Je ne comprends pas ce qui est arrivé…

— Il est arrivé ce qui devait arriver. Et ça vaut aussi pour moi. Tu le diras à Kristel ? Tu lui diras ce que j'ai fait ?

— Tu lui diras toi-même.

— Je ne crois pas, non… Tu te souviens, tu m'as demandé pourquoi je faisais tout ça ? Aider Kristel et les autres ? Tu t'en souviens ?

— Oui, je m'en souviens.

— Je voulais faire comme toi, Ian.

— …

— Les autres ont toujours compté pour toi. Anna, quand tu l'as trouvée. Moi aussi, il y a longtemps. Tu te souviens comme j'étais perdu ? Comme je n'étais rien avant que tu ne sois là ?

Ian acquiesce, avec des souvenirs plein la tête. De bons souvenirs, de moins bons. Il continue d'écouter cet ami qui a toujours été davantage qu'un ami, malgré la colère, la jalousie. Un *alter ego*.

— Je voulais faire quelque chose, moi aussi, poursuit-il. À ma façon. Je n'ai jamais été doué pour autre chose que la contrebande et les mauvais coups. Tu comprends ?

— Oui, je comprends. Mais tu as réussi, Jacob. Tu as fait quelque chose d'important. Tu peux en être fier.

— Toi aussi, Ian. Tu as réussi… Nous avons réussi. Ensemble.

Tremblant, Jacob cherche la main d'Ian. Il la trouve et s'en empare avidement. La sienne est rendue visqueuse par le sang.

— Il reste encore le Sénateur et ses bombes. Tu äideras la Cité pour ça aussi, d'accord?

— Oui, je le ferai.

— Et tu prendras soin de Zoé?

— Oui…

— Je l'ai aimée, Ian. C'est vrai. Comme toi. On a toujours eu les mêmes goûts, non? Elle t'a toujours attendu. Elle n'a aimé que toi. Va la retrouver, maintenant. Et tu lui diras ce que j'ai fait. À elle aussi, tu lui diras, d'accord?

— Ne t'inquiète pas, je lui dirai.

— Mes contrebandiers savent quoi faire de moi, maintenant.

— Ils vont t'amener au dispensaire…

— Non, Ian. Pas au dispensaire. Ma place est ailleurs.

— Où ça?

— Je n'ai jamais vu l'océan. Que des murs et du béton, toujours. Je veux être libre, maintenant. Je veux être libre comme l'eau. Avec l'eau.

Encore quelques minutes et les muscles de Jacob se relâchent, ses tremblements cessent. Ses hommes se mettent alors au travail pour fabriquer un brancard avec des barres de métal arrachées de la porte et des vêtements tendus entre elles. Ils y couchent leur chef, puis laissent Torv ouvrir la porte qu'il avait gardée fermée jusque-là.

De l'autre côté, les fidèles de l'Homme-Rat sont encore prêts à en découdre. Leur élan est stoppé lorsqu'ils aperçoivent le corps de Jacob sur le brancard. Pendant un moment, ils pensent que le prophète est sorti gagnant de la confrontation. Comment pourrait-il en être autrement? L'Homme-Rat n'est-il pas invulnérable? Pourtant, ils croient comprendre autre chose lorsqu'on leur désigne le gouffre. Incrédules, et toujours sur leurs gardes, certains d'entre eux s'avancent, sans trouver la moindre trace de l'Homme-Rat. Parvenus au rebord de la fosse, ils entendent les chiens et comprennent enfin l'impensable. Ils prennent la fuite sur-le-champ, affolés et perdus, car désormais sans chef ni prophétie pour les guider.

Libérés de leurs poursuivants, mais la mort dans l'âme, Ian et les contrebandiers retournent au dispensaire. Kristel y constate le décès de son bienfaiteur, ce Jacob aux motivations mystérieuses qui a permis au dispensaire de fonctionner malgré le mur, malgré la guerre. Malgré tout.

Les contrebandiers repartent ensuite avec le corps de leur chef, couché sur sa civière de fortune. Ils le transportent à travers la Cité pour le faire voir une dernière fois et crier sa victoire sur l'Homme-Rat. Dans les rues, ils annoncent la fin du prophète malgré les bombes qui continuent de tomber. Malgré le Sénateur qui s'acharne dans une lutte sans merci.

Grâce à Kristel, Ian rencontre au dispensaire d'anciens fidèles de l'Homme-Rat, blessés comme tant d'autres. Lorsqu'ils apprennent la mort de leur chef, ils n'hésitent pas à lui confier où le prophète gardait Zoé, bien enfermée dans leur repaire souterrain. Ian replonge immédiatement dans les profondeurs de la Cité, là où les bombes ébranlent la terre et résonnent à la façon d'un orage qui n'en finit pas de tonner.

À plusieurs reprises, il croise des groupes d'hommes et de femmes qui ont trouvé refuge loin sous la surface. Ian les croirait déjà morts tant ils demeurent immobiles, pressés les uns contre les autres, pétrifiés par la faim et la peur. Terrés dans la Cité en ruine, ils se fondent dans l'obscurité des sous-sols, jusqu'à se confondre avec ce béton sale dont ils ont pris la couleur.

Progressant là où la vie a décidé de se faire oublier, Ian parvient à la forteresse souterraine de l'Homme-Rat. La trouvant abandonnée, il y pénètre facilement. L'annonce de la mort du prophète, propagée par ses fidèles et les contrebandiers, a déjà fait son œuvre.

Dans cet ensemble de galeries barricadées, il crie le nom de Zoé. Il crie jusqu'à ce que des coups répondent enfin à ses appels. De proche en proche, il parvient à une porte métallique, fermée par une lourde barre. Derrière, il découvre Zoé, affaiblie, enfermée dans une pièce minuscule. Tous deux se jettent l'un sur l'autre, s'étreignant à s'en faire mal. Ils se sont retrouvés pour ne plus se perdre, voilà ce qu'ils se disent à travers des larmes et des rires mêlés.

Des larmes bien différentes s'ensuivent lorsque Zoé apprend la mort de Parviz et de Jacob. Sans eux, ils ne pourraient s'enlacer en ce moment même, et ils le savent. Quant à lui, Ian apprend qu'Agathe et sa mère ont été réunies, sans que Zoé sache ce qui est advenu d'elles par la suite.

De retour au dispensaire, ils retrouvent Torv et les jumeaux, eux aussi de nouveau réunis. Sans attendre, tous se mettent au service de Kristel tandis que les bombes du Sénateur tombent toujours. Le Sénateur sait-il que l'Homme-Rat est mort ? Peu importe, il ne va pas s'arrêter en si bon chemin.

En attendant, les blessés continuent d'affluer au dispensaire, transportés par les équipes médicales qui se sont muées en brancardiers. Ian et Torv se sont joints à elles, dans un va-et-vient incessant entre les décombres de la Cité et le dispensaire souterrain. Ian se démène jour et nuit, malgré la faim, l'épuisement. Dans les moments difficiles, lorsque ses forces l'abandonnent, il peut compter sur Torv. Le géant est là pour lui, comme il a toujours été là pour Gali.

Pour leur part, les jumeaux retournent presque aussitôt au Tunnel pour en rapporter ce qui manque cruellement au dispensaire. Des contrebandiers de Jacob les accompagnent afin de transporter le plus de matériel possible. Leur entreprise est un succès, mais ils ne peuvent la répéter : un changement de garde s'est opéré après leur retour du Tunnel. Sans se laisser abattre, les jumeaux et les contrebandiers fouillent les ruines de la Cité, en raclent les bas-fonds pour en soutirer tout ce qui peut être encore utile au dispensaire.

Zoé, elle, s'affaire à changer des compresses, faire bouillir de l'eau, laver le sol souillé des salles opératoires. Elle fait aussi profiter les patients de bons mots, de simples sourires. Aux côtés de Kristel, des autres médecins et de tout le personnel du dispensaire, elle fait croire à quelque chose qui ressemble à de l'espoir.

Et voilà que, deux jours plus tard, les bombes arrêtent de tomber. Certains croient à une trêve momentanée, jusqu'à ce que les postes d'identification ne s'ouvrent et que des soldats n'y fassent leur entrée. Les témoins de cette intrusion font circuler la nouvelle. Alarmés, les derniers contrebandiers et d'anciens fidèles de l'Homme-Rat organisent un front commun autour du dispensaire. Mais c'est inutile, puisque ce sont les soldats de la Fédération des Cités.

En pénétrant dans la Cité, les soldats découvrent une ville dévastée, presque annihilée. Marchant entre les décombres fumants, ils prennent la mesure du drame. Ils ne voient d'abord aucune âme qui vive, à croire qu'ils ne trouveront pas le moindre survivant dans cette partie de la ville devenue fantôme.

C'est en annonçant leur identité grâce à des porte-voix qu'ils rassurent peu à peu ceux et celles qui se terrent. Et voilà les rescapés qui commencent à émerger, d'abord quelques-uns, avant de se compter par centaines. Amaigris et mal en point, ils s'extirpent des bâtiments en ruine, des bouches d'égout, des entrées de métro, tels des trépassés revenant à la vie. Silencieux, ils regardent les soldats défiler, l'esprit encore paralysé par la peur, la faim.

Parmi eux se trouve un groupe qui, d'un pas résolu, se dirige vers les soldats. Kristel est au-devant, portant un drapeau blanc. Ian y est aussi, Zoé, les jumeaux, Torv, d'autres encore. Lorsque le groupe n'est plus qu'à quelques mètres, Francis sort d'un véhicule blindé et s'élance vers Kristel. Il est suivi par Pola qui hurle le nom de ses amis. Tous se retrouvent avec émotion.

L'événement a un effet immédiat. Comme désengourdis, et dans un même mouvement, les survivants se rendent jusqu'aux soldats pour les accueillir à bras ouverts. Pendant les heures qui suivent, ce n'est plus que cris de joie, mots de gratitude, bonheur de vivre enfin ce moment auquel ils ne croyaient plus.

Au milieu de ces réjouissances, Ian s'éloigne pour un moment. En retrait, il a une pensée pour Anna, pour Parviz. Pour Jacob, aussi. Pour tous ceux qui n'ont pas réussi, comme lui, à passer à travers les mailles du destin.

Ian ne sait pas quel sens donner à tout cela. Toutes ces morts, tout ce feu. Mais une chose est certaine, il sait que les disparus continueront de l'accompagner. Quoi que le monde lui réserve, quoi qu'il soit advenu de ses parents, à la recherche de qui il partira bientôt, ils seront toujours auprès de lui. Car de cela, il peut décider. De cela, il est le seul maître.

Oui, Anna continuera d'être à ses côtés alors que son histoire se poursuivra. Une histoire qui est à la fois la sienne et celle de la Cité entière. Une histoire qui se tissera longuement, sa vie durant, assez longtemps pour donner raison à Anna. Car son histoire, comme sa sœur le lui avait prédit en rêve, sera extraordinaire. Et comme Ian le lui avait promis, jamais il n'oubliera de penser à elle en l'écrivant.

NOTE DE L'AUTEUR

Ce roman est une œuvre de fiction. Les personnages mis en scène et les événements racontés sont essentiellement des constructions imaginaires. Pourtant, il est difficile de ne pas y reconnaître les aspects les plus sombres de notre monde : la guerre, la ségrégation, les murs qui s'élèvent entre les peuples, hier comme aujourd'hui.

Si le roman évoque notre monde, c'est peut-être surtout parce que j'y ai trouvé la matière première nécessaire pour lui donner forme. C'est à partir de notre monde et de son Histoire que j'ai conçu cette Cité sans nom qui pourrait être n'importe quelle mégapole de demain. Mais c'est aussi dans notre monde que j'ai puisé tout ce qui s'oppose à l'horreur de la Cité. Tout ce qu'il garde de lumière et d'espoir.

À cet égard, une figure historique a été pour moi tout particulièrement importante. Il s'agit de Janusz Korczak.

J'aimerais présenter brièvement ce pédiatre et pédagogue juif polonais qui a conçu, dans les années 1910, un orphelinat pour les enfants juifs de Varsovie. Considéré comme un précurseur des droits de l'enfant, Janusz Korczak a défendu toute sa vie une vision novatrice de l'enfance et de l'éducation. Il l'a fait dans ses nombreux livres, mais avant tout entre les murs de son orphelinat, un modèle de respect et de bien-être pour ces enfants qui étaient souvent considérés, à l'époque, comme de simples parasites.

Lors de la Seconde Guerre mondiale, Janusz Korczak a été enfermé dans le ghetto de Varsovie avec «ses» deux cents enfants. C'est dans ce même ghetto que les nazis ont fait prisonniers des centaines de milliers de juifs destinés aux camps d'extermination.

Même s'il a eu à plusieurs reprises l'occasion de fuir le ghetto, Janusz Korczak ne l'a pas fait. Privé de tout et malade, il n'a jamais abandonné ceux et celles dont il avait la charge. Déporté le 5 août 1942, Janusz Korczak est mort aux côtés des orphelins, assassinés dans les chambres à gaz de Treblinka.

C'est la vie et l'œuvre de Janusz Korczak qui, en premier lieu, m'a inspiré ce roman. De cette vie et de cette œuvre, on retrouve les traces tout au long de la lecture, tant chez les personnages que dans leur expérience d'un monde concentrationnaire impitoyable. On y croise même le visage de Janusz Korczak lui-même, dans l'orphelinat où Pola et Parviz résident quelque temps. C'est lui le «Docteur»

OUVRAGE RÉALISÉ PAR
LUC JACQUES, TYPOGRAPHE
ACHEVÉ D'IMPRIMER
EN FÉVRIER 2014
SUR LES PRESSES
DE MARQUIS IMPRIMEUR
POUR LE COMPTE DE
LEMÉAC ÉDITEUR, MONTRÉAL

DÉPÔT LÉGAL
1ʳᵉ ÉDITION : 1ᵉʳ TRIMESTRE 2014
(ÉD. 01 / IMP. 01)

DOMAINE JEUNESSE

de la photographie aperçue par Ian, et dont l'éducatrice évoque le destin tragique.

C'est à Janusz Korczak que je dédie ce roman, lui dont le courage et l'humanisme continuent d'être une source d'inspiration pour les femmes et les hommes d'aujourd'hui. Je le dédie aussi à ma fille, Marie, qui m'a servi de modèle pour le personnage de Pola, cette fillette incarnant l'enfance et l'espoir en des lendemains meilleurs, ce à quoi Janusz Korczak n'a jamais cessé de croire.

Aussi, le garçon leur désigne du doigt, au-delà de la faille, là où le pont reprend pied, un vaste espace intérieur avec d'anciennes cabanes, des machines rouillées, des berlines servant à transporter le charbon hors de la mine. Et dans la paroi de cette large grotte : un portail de bois. La lumière du jour y filtre par les interstices entre les planches et une multitude de trous. La sortie, enfin.

Le tablier du pont émet des craquements inquiétants lorsque Francis, le premier, s'y engage. Chacun poursuit son avancée au-dessus du vide, jusqu'à ce qu'ils parviennent tous de l'autre côté, impatients d'échapper au Tunnel et à leurs poursuivants. Mais alors qu'ils ne sont plus qu'à une courte distance du portail, Parviz les arrête. Il s'approche lentement d'un battant entrouvert pour y jeter un coup d'œil. Aussitôt, des balles traversent le bois et ricochent sur la pierre. Elles ajoutent des piqûres de lumière à celles qui percent déjà le portail.

Ian s'approche à son tour pour mieux évaluer la situation. Il longe la pierre jusqu'à un battant, où il pose l'œil contre une ouverture. Une clôture se trouve là, une dizaine de mètres devant, avec des gardes dans une tour. Et à voir leur attitude belliqueuse, il ne s'agit pas des gardes de mèche avec Torv. Derrière la clôture, d'immenses constructions se succèdent, entre-pôts et cours de transbordement.

Toujours des clôtures, toujours des murs, se dit Ian, *même à l'extérieur de la Cité. À croire que le monde est une suite de barrières interdisant le passage.*

— Regardez Parviz! Qu'est-ce qu'il fait?

Alerté par Pola, Ian revient vers les autres. Regardant dans la direction indiquée par la fillette, il aperçoit Parviz qui s'est engagé sur le pont, une bombe incendiaire à la main. C'est celle d'Ian, sa dernière, que le garçon lui a subtilisée il ne sait comment.

— Parviz, non! crie Ian.

Le principal intéressé ne lui adresse pas la moindre attention.

Après qu'il a traversé presque entièrement le pont, voilà que les fidèles de l'Homme-Rat émergent de la galerie. Ils stoppent leur course devant le pont, en arborant un sourire carnassier.

— Qu'est-ce que tu as dans la main, petit? demande l'un d'eux. Ce n'est pas un jouet pour les enfants, tu sais!

À une vitesse qui étonne Ian lui-même, Parviz allume la bombe et la jette entre lui et les quatre hommes, là où le pont est le plus vulnérable. Le feu s'empare du tablier, bien qu'incomplètement, en laissant intacte son extrémité droite. Parviz n'a pas parfaitement exécuté son lancer. Une deuxième bombe lui permettrait peut-être d'arriver à ses fins, mais ses mains sont vides.

— Ce n'était pas une bonne idée, gamin, lance l'un des hommes en levant son pistolet vers Parviz. Le coup de feu résonne dans la grotte.

— Non ! crient en chœur Ian et Pola.

Parviz effectue un brusque mouvement de recul en portant une main à son épaule.

— J'ai mal tiré, alors je vais me reprendre, dit le fidèle en ajustant son tir.

Pourtant, il abaisse son arme presque aussitôt.

— Non, mieux que ça, continue-t-il, je vais t'achever en te tordant le cou. Mais pour ça, tu dois m'attendre, petit. Attends-moi, j'arrive !

Et voilà les quatre sbires qui s'engagent sur le pont en évitant de justesse la morsure du feu. Parviz, lui, dont l'épaule saigne abondamment, s'est déjà retourné et tente de rejoindre l'autre côté du pont.

Soudain, un craquement sourd. À la suite de quoi le pont se met à se tordre dangereusement. Devinant ce qui va suivre, Parviz s'arrête, lève les yeux vers Pola et Ian qui le regardent, bouche bée. Le garçon leur fait alors le plus beau, le plus tendre des sourires en les saluant d'une main maculée de sang. Puis le pont se disloque et sombre dans un bruit de tonnerre, emportant Parviz et ses poursuivants dans les profondeurs de la faille.

Pola se jette dans les bras d'Ian en criant. Lui ne peut croire ce qui vient de se produire sous ses yeux, si brusquement. Si brutalement. Il reste sans mots et sans larmes, atterré. Il prend appui sur la pierre, de peur de basculer, ou peut-être de se lancer dans la faille. Il tombe à genoux, Pola toujours dans les bras, qui pleure et qui hurle la mort de Parviz. Et lorsque l'émotion le submerge enfin, c'est à son tour de partager les pleurs de Pola.